KB135577

루 트 1 8 ,
끝나지 않을
우 리 들 의
이 야 기

책을 내며

여기 오늘, 스물세 송이 꽃들의 아름다운 이야기들을 묶어 책을 냅니다.

어린 시절 혹은 과거를 회상하여 글감을 떠올리고 미래의 어떤 시점을 상상하고 계획하여 글로 정리해 보는 일은 어려운 작업이기도 했지만 매우 의미 있는 일이었으리라 생각합니다.

학기 초부터 온 나라와 전 세계에 휘몰아친 코로나 여파로 인해 온라인, 비대면으로 이루어진 수업이 대부분이었음에도 한 학기 한 시간씩의 수업 시간을 할애하여 자신만의 이야기들을 써 내려간 우리 동문고 2학년 이과반 친구들이 새삼 기특하고 자랑스럽습니다.

동생을 각별히 아끼고 오케스트라 활동과 수학을 잘하는 방송반 반장 시운이, 활동지부터 집필과 편집까지 완벽하게 잘 해내면서도 늘 겸손하고 착하고 든든한 똑똑이 재원이, 초등교사의 꿈을 차곡차곡 쌓아 올리며 가끔 무대에서는 흥을 발산하는 꼼꼼하고 탄탄한 나경이, 어디 하나 빠질 데 없는 성실함으로 개인 공부는 물론 실장 노릇까지 완벽하여 감탄하게 만드는 신실이, 조용하고 진중하게만 보이지만 귀여움과 발랄함이 담긴 상큼하고 예쁜 글을 써준 다현이, 대단한 춤꾼이면서도 학과 공부에도 충실한, 요즘엔 다리를 다쳐 안쓰러운 현은이, 키도 크고 다정다감하게 이야기도 잘하는 백만 유튜버가 꿈인 의찬이, 예쁜 얼굴로 항상 미소 짓는 성실대장 홍경이, 씩씩하고 활달하면서도 예의 바른 모습에 의욕 넘치는 9반 반장 영서, 차근차근 착실하게 할 일을 다 해내는 모습이 귀여운 미래의 의사 소은이, 적극적이고 활기 넘치는 모습으로 배꼽인사 잊지 않는 욕심도 많고 정도 많은 시은이, 날이 갈수록 더욱 차분해지고 우수에 젖은 미모를 뽐내는 라겸이, 아는 것도 많고 잘하는 것도 많고 하고 싶은 것도 많은 귀여운 유섭이, 조용한 가운데 진중함과 의젓함을 발하는 간호사를 꿈꾸는 지민이, 뽀얀 피부에 예쁜 웃음 지으며 인사해주며 냉철한 지성을 뿜내는 서정이, 야무지고 똑부러져서 어디 가서든 기죽지 않을 똑똑이 수빈이, 차분하고 온화하게만 보이지만 대단한 저력을 가진 착하고 예의 바른 (정)연우, 하얀 피부에 차분한 모습으로 수의사를 꿈꾸는 다운이, 예의 바르고 겸손하며 수학을 잘하며 경찰에의 꿈을 키우는 의젓하면서도 귀여운 (권)연우, 귀엽고 엉뚱한 모습에서 진지하고 적극적인 모습도 보여주며 날로 성장하는 모습이 기특한 기현이, 한결같은 성실함과 완벽함에다 겸양의 미소까지 갖춘, 천문학자를 꿈꾸는 어여쁜 소녀 미현이, 예의 바르고 상냥한 미소로 친구들과 두루 잘 지내며 의사에의 꿈을 키우고 있는 우진이, 고양이와 자동차를 사랑하며 카디건이 잘 어울리는 의젓하고 속 깊은 소년 지호까지, 모두 정말 고맙고 사랑합니다. 비록 짝사랑일지언정.

늦은 시간까지 남아 편집하느라 애쓰면서도 돼지갈비와 뺑튀기 아이스크림의 약소한 만찬을 반겨준 우리 다섯 명의 편집위원들 수빈, 영서, 소은, 지민, 시은이 아니었다면 이 책은 존재하기 어려웠을 겁니다. 솔선해서 선뜻 손들고 나서 주어서 정말 고마웠습니다.

책쓰기 수업 시작부터 끝까지 하나하나 알려주신 대모 이금희 수석 선생님, 번뜩이는 아이디어를 더해주신 유쾌한 김은숙 선생님, 올해 교무실에서 함께 하며 힘을 더해 주시는 김선옥, 차희경, 오수진, 이현숙, 이규순, 김효정 선생님께도 고마운 마음을 전합니다.

마지막으로 책쓰기 활동에 물심양면으로 지원을 아끼지 않으신 박정곤 교감 선생님, 정광재 교감 선생님께 감사의 말씀 드립니다.

1학년 때부터 함께 해 온 우리 동문고 2학년 친구들, 내년 고3 생활을 무사히 마치고 저마다의 꿈을 향해 훨훨 날아갈 때까지 선생님은 여러분을 무한히 사랑하고 응원하겠습니다.

모든 분들의 건강과 평안을 기원합니다.

2021년 2월
동문고 국어교사 김 선 영

CONTENTS

책을 내며

루트 18,
끝나지 않을
우리들의
이야기

우 리 들 의 이 야 기

루트 18, 끝나지 않은

나의
소소한
행복들

권연우

01

권연우

생년월일	2003. 7. 2.
나이	18세
학력	– 효신초 졸
	– 동원중 졸
	– 동문고 재학 중
성격	낙천적, 활발함, 잘 웃음
현재 소속반	2학년 11반 1번

Prologue

이 책에는 아름다운 순간만 모아놓을 것이다. 내가 힘들었던 것, 고통스러운 것은 머릿속에 남아있어 남길 필요가 없지만 사소한 행복들은 잊기 쉬우니까

그때의 기분을 표현하기에 활자는 너무나 제한적이다. 나의 감정을 온전히 전달하기엔 나의 단어 폭이 너무나 좁기 때문이다. 그래서 꾸밈없이 솔직히 써 내려가는 게 가장 나은 방법이라 생각하여 나의 의식 흐름대로 작성하였다. 읽어 내려가면서 어색하고 이상한 부분이 있다면 나의 단어 사용 능력이 부족한 부분이라고 생각하면 된다.

이 글을 쓰면서 초등학교 때 일기 쓴 기억이 떠오른다. 시간이 이렇게 지났음에도 나의 필력은 전혀 나아지지 않은 것 같아 너무 웃기지만 가장 순수하게 나타낼 수 있는 것 같아 좋기도 하다.

이 책을 읽으면서 자신의 행복했던 순간들로 돌아가 그 생각을 회상하면서 행복한 순간에 머물렀으면 좋겠다. 내가 이 책을 쓴 이유이기도 하니까. 이 책을 덮을 때 '아. 이런 일도 있었지' 하며 입가에 작은 미소를 머금길 바란다.

이 책을 읽는 사람들에게

첫 카라반 여행!!

고등학교를 올라가고 처음으로 가족 여행을 가게 되었다. 카라반이 뭔지 궁금하였던 나는 그곳이 그저 신기하기만 했다. 밖에서 보았을 때는 작아 보였는데 안으로 들어가니 생각보다 넓고 있을 것은 다 있었다. 특히 2층 침대가 가장 마음에 들었다. 양 끝에 침대와 2층 침대가 하나씩 있고, 중간에는 탁자와 부엌, 작은 옷장이 하나 있었다. 나는 바로 2층 침대로 향했다. 폭신하지는 않았지만 그래도 그 공간이 주는 행복도는 매우 높았다. 밥을 먹지 못한 채 온 우리는 바로 음식을 만들어 먹었다. 삼겹살과 낙지 볶음밥을 해서 소시지와 함께 밥을 먹었다. 굶어서 먹는 밥이라 그런지 더욱 맛있었다. 밥을 먹고 난 후 밖을 보니 어둑어둑 해져있었다. 소화도 시킬 겸 밖을 걸으러 나갔더니 찬바람이 세게 불어왔다. 다시 들어가려 하였으나 그 쌀쌀한 바람과 분위기가 좋아서 다시 들어가지 않고, 천천히 걸어갔다. 놀러온 그 자체의 행복에 무엇을 하든 간에 매우 행복했다. 그 길을 점점 올라가니 너무 어두워 더는 올라가지 못하고 다시 내려왔다. 다시 카라반 안으로 들어오니 온도 차로 인해 안경의 습기가 가득 찼다. 그곳에선 그 상황조차 웃기고 재밌었다. 안으로 들어와서 샤워한 후 침대에 올라가 과자 한 봉지를 들고 TV를 보니 매우 편안하고 좋았다. 소소한 행복이 모두 만족하는 순간이었다. 그렇게 놀다가 밤이 되니 점점 피곤해져 누웠더니 눈이 스르륵 감기더니 잠에 빠졌다. 아마 이 때까지의 여행 중에 가장 소소하게 행복을 다 채운 너무나도 편안한 여행이었다.

학년의 마침표를 찍으며

　3년이라는 중학교 생활을 마치고 마침내 중학교의 마침표를 찍는 날이다. 이날 학생들이 오랜만에 강당에 모두 모였다. 학생들은 서로 서로 반가워하기 바빠 선생님의 말씀에 귀 기울이지 않았다. 오늘은 슬퍼해야 할 날인데도 매우 기쁘고 들떠있는 기분이 들었다. 평소 형식에 맞게 애국가도 부르고 교장 선생님의 훈화 말씀도 들었다. 마지막으로 상장을 수상하는 시간이 왔다. 나는 이 학교에 다니면서 처음이자 마지막으로 상장을 받게 되었다. 상을 받게 되어 단상에 나가니 교장 선생님께서 상장을 주시면서

　"수고했다. 고등학교 가서 더 열심히 하렴."

　라고 하셨다. 너무 어색한 나머지 인사를 두 번 하고 삐걱거리면서 내려갔다. 속으로 너무 웃겨서 웃었지만, 겉으로 드러내지 않으려 했다. 단상에 내려와 반에 앉으니 친구들이 내가 허둥지둥한 모습을 찍어서 보여주었다. 동영상으로 내 모습을 보니 너무 웃기고 '왜 그랬을까?' 하는 생각이 들었다. 이런 형식적 졸업식이 끝나고 부모님을 찾아뵈러 갔다. 할머니, 엄마, 아빠, 사촌오빠까지 다 같이 와서 나의 졸업식을 축하해주었다. 아빠가 나에게 목화꽃다발을 건네주시면서 "졸업을 축하한다."라고 말씀해주셨다.

　내가 평소 목화 꽃을 좋아하였는데 어떻게 알고 사 오셨는지 너무 고마웠다. 가족들과 사진을 몇 장 찍고 친구들과 함께 사진을 찍었다. 마지막이라는 생각에 사진으로나마 남기고 싶다는 생각이 들었다. 그날 사진을 아마 가장 많이 찍었던 것 같다. 졸업식을 끝내고 나오는 길에 마음이 너무 싱숭생숭하였다. 무언가 끝이 난 기분에

홀가분하지만 떠나야 한다는 생각에 마음 한편이 슬펐다. 다시는 오지 못 할 공간이라 생각하니 더욱 섭섭하였다. 마지막으로 학교 전체 사진을 찍은 후 나의 중학교를 뒤로한 채 교문을 통과하였다. 친구들과 함께 떠들고 놀았던 행복한 추억, 열정을 가지고 앞으로 나아가며 힘들었던 기억을 하나하나 다시 되짚으니 모두 아름다운 추억이었다. 너무나도 행복했고 아름다웠다.

유기묘 입양

　요즘 많은 애완동물이 파양되고 버려진다는 이야기를 들었다. 그 이야기들을 들을 때마다 마음 한 편이 무거워지고 걱정되는 느낌이 들었다. 그래서 이번에 유기묘를 입양하기로 했다. 근처 유기묘 보호소를 방문하여 그 담당자분과 의논하여 입양을 결정하였다. 몸에 작은 상처들이 여러 개 있고 눈이 매우 슬퍼 보였다. 나를 부르는 것 같은 느낌이 들어 그 고양이를 선택하였고, 무엇보다 나를 잘 따라서 입양을 결정하였다. 고양이를 데리고 집에 들어왔다. 고양이 입양을 며칠 전부터 생각해두고 있어서 캣타워, 집, 방석, 밥그릇 등 많은 것을 준비해 놓은 터라 바로 고양이가 와도 문제없었다. 고양이를 집에 내려놓으니 당황스러운 듯 두리번두리번 거리더니 갑자기

　"미야옹"

　하고 우는 것이었다. 몸이 작아서 그런지 목소리가 작고 힘이 없었다. 처음이라 낯설어할 고양이를 위해 밥과 잠잘 곳을 주었다. 맛있게 밥을 먹는 모습을 보니 세상 행복하고 귀여워 보였다. 입양하길 잘했다는 생각이 들면서 열심히 잘 키워야겠다는 생각이 들었다. 밥을 먹더니 나를 향해 걸어오는 것이었다. 이제 나에게 마음을 내어주는 것인가 싶어서 왠지 뿌듯하고 만족스러웠다. 내 다리 사이에 앉더니 배불러 피곤한 이유인지 바로 잠들어버렸다. 배가 볼록해져서 새근새근 자는 모습을 보니 너무 귀엽고 사랑스러웠다. 내가 이 고양이에게 주는 보살핌도 있지만 이 고양이가 나에게 주는 부분도 많을 것 같다는 생각을 하면서 나도 옆에서 잠들었다.

　다음날 내가 일을 다녀오고 집이 난장판이 되었다. 이곳저곳 궁금

했던지 물건들을 다 엎어놓고 다녔다. 아직 어린 고양이라 따끔하게 혼내지도 못하고…!! 그날 고양이를 앞에 두고 이런 행동을 하면 안 된다고 타일렀지만 알아들었을지 모르겠다. 이런 날이 매일 반복될 것 같다는 예감이 들었지만 건강하게 돌아다니는 모습을 보니 한 편으론 다행이라는 생각이 들었다.

Dreams come true

내가 간절히 바랐던 꿈을 이루는 순간이 왔다. 가슴이 벅차고 이때까지의 노력이 헛수고가 아니었다는 것을 깨닫게 되는 순간이었다. 가장 보람 있고 뜻깊은 날이 아닐 수 없다. 먼저 문을 열고 들어가니 더욱 긴장되고 심장이 빨리 뛰었다. 나의 첫 개인 병원을 차리게 된 것이다. 아직 첫날이라 어색하고 환자분들도 많이 안 올 것이라고 예상이 되지만 환자분들이 오지 않은 지금은 살짝 걱정되었다. 이때 한 분이 문을 열고 들어오셨다.

"안녕하세요?"

앞 안내하시는 분께서 첫 환자분께 밝게 인사를 하였다. 드디어 첫 손님이 오신 것이다. 처음이라 잘할 수 있을지 걱정되는 마음에 조금 떨리었다. 문을 열고 들어오시는 환자분의 표정은 밝을 수가 없을 것이다. 마음의 상처를 앓으신 분께서 오셨기 때문이다. 나는 이분들을 적극적으로 돕고 가능하다면 완치해드리겠다는 마음으로 대한다. 이분의 걱정은 최근 성폭력을 통한 정신적 트라우마로 인해 오셨다. 그분의 말씀을 듣는 내내 마음속에서 이 분을 고통스럽게 한 성폭력범에게 욕이란 욕은 다 하면서 들었다. 어떻게 사람이 그러한 생각을 하고 그러한 생각을 하는지 전혀 이해되지 않았다. 아마 그 사람들은 인간이길 포기한 사람일 것이라고 나는 생각한다. 내가 만약 초월적 힘을 가진다면 그분의 기억 속 이 기억을 싹 다 지워드리고 싶지만 이러한 능력이 없는 나는 겨우 진찰밖에 해주지 못해 미안하고 속상했다. 진찰을 끝내고 검사를 하러 가신 후 이 상황을 해결해줄 가장 나은 방법을 찾기 위해 책을 다시 열어 확인해 보았다. 책을 몇 번

보고나니 벌써 검사가 끝나 다시 나에게 오셨다. 검사 결과를 통해 진단한 후 약을 처방하고 그분께서 나가셨다. 나가자면서

'감사합니다, 선생님'이란 말 한마디에 눈물이 핑 돌았다.

갑자기 왜 그런 기분이 드는지 모르겠지만 눈에서 눈물이 나왔다. 이 분 한 마디에 나는 오늘 하루 힘을 얻어간다. 나는 나의 환자분들이 더 나은 삶을 살아가도록 최선을 다할 것이다.

Epilogue

처음에 글쓰기는 '나와 전혀 맞지 않아 힘난한 과정이겠구나.' 했지만 생각보다 그러한 느낌을 받지 못했다. 오히려 좋았다. 그때로 다시 돌아간 것 같아 마음이 들뜨고 덩달아 신이 났다. 지식을 요구하지 않는 것이기 막힘 없이 글이 써 내려 가지니 더욱 흥미를 느끼게 되었다. 글을 쓰는 일이 이렇게 시간을 빨리 보낼 수 있다는 것에 놀라웠다. 다만 아직 내 글 솜씨가 서툴고 투박한 점이 마음에 걸리지만 나만 쓸 수 있는 글감을 가지고 있다는 것에 의미를 두기로 했다. 글쓰기의 묘미를 잠깐이나마 맛본 것 같았다. 이러한 글이 책이 될 수 있을까 의구심이 들었지만, 끝을 내보니 이건 누구에게도 팔 수 없을 만큼 귀중한 책이라는 생각이 들었다. 나중에 펼쳐 보았을 때 미숙했던 나의 필력을 보고 웃을 수 있고 안 좋은 기억을 여기 다시 놓고 갈수 있다면 나는 글을 쓰기 잘했다고 여길 것 같다. 나중에 이렇게 글을 또 써보고 싶다는 생각이 들었다.

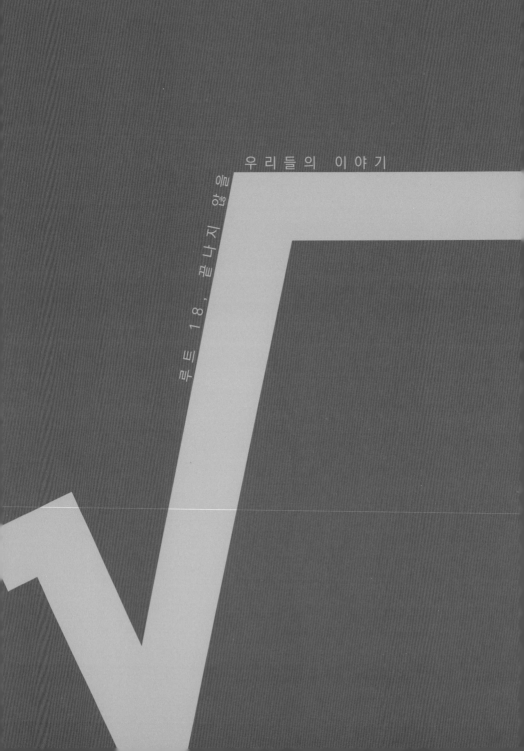

우리들의 이야기

루트 18, 끝나지 않은

나만의
기억

김시운

02

김시운

생년월일   2003. 7. 4.

학력   – 입석초등학교 졸업
               – 청구중학교 졸업
               – 동문고등학교 재학 중

Prologue

이 책은 내 인생에서 처음으로 작성해보는 것이고, 나의 과거 이야기 5편, 미래 이야기 5편 정도가 들어있는 일종의 자서전이다. 처음에는 도대체 어떤 내용을 적어야 하는지에 대해 많이 고민하였다. 그렇게 수많은 생각을 하고 나서 결국에는 나의 과거 이야기 5편에는 내가 지금까지 살아오면서 겪었던 소중한 사건이나 가장 기억에 남는 사건들을 적기로 했고, 미래 이야기 5편에는 앞으로 내가 하고 싶은 일들이나 내가 지금 꿈꾸던 것을 이루고 난 뒤의 내용을 적기로 했다. 나는 처음으로 나에 대해서 글을 써보기 때문에 다른 사람들이 내 글을 읽을 때는 조금 지루할 수도 있다. 그래도 내 나름대로 열심히 썼으니 재밌게 봐주길 바란다.

축구

　나는 초등학교 때 학교 친구들과 함께 축구부 활동을 하였다. 우리 축구부는 학교에서 만든 축구부와는 다르게, 내가 유치원 다닐 적에 체육 선생님으로 계셨던 선생님의 제안으로 우리끼리 자체적으로 만든 축구부이다. 축구부에는 운동을 진짜 잘하는 친구 1명과 축구 실력이 보통인 8명 정도로 약 9명 정도가 함께 활동했다. 우리는 매주 토요일마다 모여서 축구부 활동을 했다. 축구부 활동은 주로 축구 훈련이나 축구 관련 운동을 했었지만, 농구나 티볼 등 협동심이나 순발력을 기를 수 있는 다양한 활동도 하였다. 또한, 다른 초등학교 친구들과 풋살 경기를 하기도 했다. 이렇게 어느 정도 실력이 늘었다고 생각했을 때, 우리는 풋살 대회에 나가게 되었다. 풋살 대회 참가자는 우리와 같은 또래였다. 우리는 이전에는 한 번도 대회라는 곳에 나간 적이 없어서 거기에 있는 아이들 실력이 어느 정도인지 판단이 되지 않았다. 그래서 우리는 몸풀기로 긴장을 풀기로 했다. 몸풀기를 끝내고 좀 있다가 우리는 첫 경기를 시작했다. 경기가 시작되자마자 상대팀 아이는 뛰어난 드리블을 하며 강슛을 때렸다. 우리는 그렇게 골을 먹혔다. 아무것도 하지 못하고 선제골을 먹힌 것이다. 그 이후 우리는 연이어서 골을 먹혔고 전반전에만 약 7골을 먹혔다. 전반전이 끝나고 우리는 기죽지 않고 후반전에 더 열심히해서 골을 넣어보자는 다짐을 하고 풋살장 안으로 다시 들어갔다. 후반전에는 내가 골키퍼로 나섰다. 나는 후반전이 시작되자마자 상대팀 아이가 바로 강슛을 때릴 것이라고 예상했다. 아니나 다를까, 상대팀 아이는 바로 강슛을 때렸다. 그때 나는 바로 손을 올려서 막았다. 근데 공을 막고 나니 오른쪽 중지가 아팠다. 아무래도 손가락이 꺾인 것 같았다. 나는 계속 경기를 하고 싶었지만, 아파서 경기를 계속 하지 못했고 바로 병원으로 향했다. 나는 오른쪽 손가락에 깁스를 하게 되었다. 치료를 끝내고 경기 결과가 어떻게 되었는지 물어보니 우리가 졌다고 하였다. 그래도 나는 슬프지 않았다. 왜냐하면, 승부가 다가 아니기 때문이다. 그리고 이 풋살 대회는 나에게 첫 풋살대회이기 때문에 의미가 있었고, 무엇보다 친구들과 함께 경기를 뛴 것이 기분이 좋았고 재미있었기 때문이다. 부모님들도 우리에게 더 연습하면 다음에는 꼭 이길 수 있을 것이라고 용기를 셨고, 그렇게 우리의 첫 풋살대회는 끝이 났다.

당시 풋살대회를 했던 장소에서의 사진

남동생

나는 9살 차이가 나는 남동생이 있다. 나는 어렸을 때부터 형제가 있는 것이 매우 부러워하며 '나도 형제가 있었으면 좋았을텐데'라고 자주 생각하곤 했다. 나는 초등학교 3학년 때 남동생이 태어났기 때문에 그 전에는 항상 부모님과 놀거나 혼자 놀았다. 그게 심심하지는 않았지만, '나는 형제가 있었으면 지금보다 더 재밌게 놀 수 있었을 텐데…'라고 생각하기도 했다. 내가 초등학교 3학년 때 영어학원을 마치고 나오는데, 엄마가 나에게 "너도 이제 동생이 생겼네."라고 하며 초음파 사진을 보여주는데, 나는 진짜 그때가 꿈인 줄 알았다. 나는 약 10년간을 혼자 지내왔기 때문에 형제가 생긴다는 것이 엄청 기쁘고 행복했지만, 속으로는 신기한 마음이 더 컸기 때문이다. 이때 나는 알 수 없는 이상한 느낌이 들었고 형제가 생긴다는 것에 대한 마음속에서 기쁨과 행복이 가라앉지를 않았다. 나는 그 이후 밤마다 엄마 배에 귀를 대고 태아가 움직이는 소리를 들으며 기뻐했다. 그렇게 약 10달 정도가 지나고 난 후인 2012년 6월 22일, 나의 남동생이 세상에 태어났다. 나는 남동생이 태어나는 그때, 내가 뭘하고 있었는지도 생생하게 기억하고 있다. 나는 그때 학원차를 타고 집에 가던 중 아빠에게 전화로 남동생이 태어났다는 소식을 듣게 되었고, 그 후 바로 설레고 기쁜 마음으로 남동생을 보러 갔었다. 남동생을 보니 아직 어린 나에게도 너무 작게 느껴졌다. 그렇게 세월이 지나고 어느새 내 동생은 동생이 태어나던 그때 당시 나의 나이와 비슷한 초등학교 2학년이 되어 열심히 초등학교에 다니고 있다. 우리는 나이차이가 많이 나더라도 자주 싸우기도 한다. 그래도 그럴 때마다 내가 형이니까 참아야겠다는 생각을 자주 하곤한다. 이렇게 현재 우리는 싸우기도 하지만 함께 놀기도하고 항상 붙어서 다닌다. 그리고 언젠가 나와 동생이 성인이 되고 난 후, 함께 지난 날을 떠올리고 서로의 걱정을 들어주는 진정한 형제가 되어있을 거라고 생각한다.

남동생 사진

최근의 나와 남동생
(코로나 때문에 마스크 착용중)

오케스트라

　나는 중학교 1학년부터 3학년 때까지 오케스트라 단원으로서 총 연주를 5번 했다. 오케스트라를 들어올 수 있는 나이가 정해져있는데, 초등학교 4학년부터 중학교 1학년까지만 지원해서 오디션을 본 후 들어올 수 있다. 즉, 나는 오케스트라에 늦게 들어온 편이다. 이 오케스트라에는 2살 차이 나는 사촌 형이 가장 먼저 들어왔고, 그 다음으로 1살 차이 나는 사촌 누나, 마지막으로 내가 들어갔다. 사촌 형과 나는 바이올린을 다뤘고, 사촌 누나는 플룻을 다루었다. 나는 처음에는 오케스트라에 들어가기 싫었지만 부모님과 이모들의 권유로 초등학교 5학년때 사촌 누나와 함께 오디션을 봤지만 누나는 붙고 나는

떨어졌다. 그 후에 6학년 때도 오디션을 봤지만 역시 떨어졌다. 내가 생각하기에 떨어진 이유는 오디션 때 너무 많이 떨어서 그런 것 같다. 그 후 열심히 연습해서 오케스트라에 들어갈 수 있는 마지막 나이인 중1 때도 오디션을 본 결과, 드디어 붙어서 오케스트라 단원이 될 수 있었다. 나는 이때 들어와서 나에게는 처음이자 사촌 형에게는 마지막인 연주를 함께했다. 오케스트라에서의 나의 첫 연주는 많은 사람들 앞에서 연주를 해본 경험이 많이 없는 나에게 매우 긴장되고 떨리는 연주였다. 오케스트라에서는 매년 여름과 겨울 각각 1번씩 총 2회 정기연주회를 하는데, 연주회 당일 5일 전부터 오케스트라 단원들끼리 모여서 합숙연습을 한다. 합숙연습 때는 밥 먹을 때 빼고는 거의 연습만해서 힘들지만 연습이 끝난 후 숙소로 돌아가서 친구들과 놀면서 재미있게 지냈던 것이 기억난다. 그 후 사촌 누나와 함께 1년동안 2번의 연주를 함께하고 난 중3이 되었다. 오케스트라에서는 중학교 3학년 이후에는 졸업을 해야 하기 때문에 마지막 연주회 때 3학년들끼리 졸업 앙상블을 한다. 물론 사촌 형과 사촌 누나도 다 했고 이제는 내 차례가 된 것이다. 졸업 앙상블 때 나는 바이올린을 연주하던 중 중간에 활 방향이 다른 애들과 다른 것을 알고 매우 부끄러웠다.근데 부끄러운 것보다도 미안한 마음이 더 앞섰다. 왜냐하면, 졸업 앙상블은 나뿐만 아니라 다른 3학년 애들에게도 의미 있는 연주이기 때문이다. 나의 마지막 연주가 다 끝난 후 연주를 보러 왔던 사촌 누나에게 실수한 이야기를 들려줬더니, 누나는 내가 실수하는 것을 못 봤다고 했다. 이때 나는 '다행히 내가 실수하는 것을 많은 사람들이 보지는 않았겠구나.' 하며 안심했다. 이렇게 3년 동안의 나의 오케스트라 활동은 끝이 나게 되었고 나는 고등학생이 되어 열심히 공부를 하고 있다.

나의 첫 배낭여행가는 날

나는 어릴 때 해외여행 가는 것을 좋아했다. 그래서 해외여행을 가는 전날에는 너무 떨리고 설레어서 잠자기 직전까지 다음날 여행갈 생각을 하며 잠들었던 기억이 있다. 나는 해외뿐만 아니라 다른 지역에 여행을 갈 때에도 '언젠가는 나 혼자서 꼭 여행을 가봐야지!' 하는 생각을 하기도 했다. 그 바람이 드디어 이루어졌다. 나도 나 혼자서 해외에 여행을 가게 된 것이다. 나의 첫 배낭여행의 목적지는 영국이다. 왜 영국으로 여행 가기로 했냐면, 그 이유는 간단하다. 유럽 여행을 가보고 싶었고, 나는 축구를 매우 좋아하기 때문에 축구에서 가장 훌륭한 선수들이 모여있는 제3대 리그 중 프리미어 리그의 경기가 이뤄지는 나라에서 그 경기를 직관해보고 싶었기 때문이다. 나는 나홀로 첫 영국행 비행기를 타고 영국으로 향했다. 12시간이라는 굉장히 긴 시간동안 나는 비행기를 타고 갔다. 내 인생에서 이렇게 긴 시간동안 비행기를 타본 경험이 없기 때문에 너무 지루하기도 하고 제정신이 아닌 것 같았다. 세계적으로 유명한 축구선수나 유명인들이 이렇게 긴 시간 동안의 비행을 여러 번 왕복하는 것이 얼마나 힘든 것인지 몸으로 직접 느낄 수 있었다. 그렇게 나는 영국에 도착했고, 나는 무엇을 먼저 해야 할지 생각이 나지 않았다. 우선 나는 공항에서 나온 뒤 버스를 타고 예약해둔 숙소로 향하기로 했다. 숙소에 도착하니 벌써 날이 어두워져 있었다. 그래서 나는 오늘은 그냥 숙소 근처에서 놀 거리를 하며 지내기로 했다. 다음날, 나는 축구 경기를 보러 축구 경기장으로 향했다. 이날 내가 보기로 한 축구 경기는(토트넘 vs 맨유)의 경기였다. 맨유는 옛날에 박지성 선수로 인해 대한민국 사람 중 축구를 좀 아는 사람이라면 다 아는 팀일 정도로 유명한 팀이고, 토트넘 또한 손흥민 선수로 인해 알려진 여러 강팀들 중 하나이다. 이날 경기는 되게 의미 있는 경기였는데, 그 이유는 이 경기가 손흥민 선수의 토트넘에서의 마지막 경기였기 때문이다. 옛 날에 토트넘 경기를 보면서 '언젠가는 꼭 손흥민 선수가 뛰는 토트넘 의 경기를 직관하러 가야지!' 하는 생각을 했었는데, 운 좋게 손흥민 선수의 마지막 경기를 직관하게 되면서 그 꿈을 이루게 되었다. 이날 경기에서는 손흥민 선수가 3골이나 넣으면서 해트트릭을 달성했고, 손흥민 선수가 그나마 기분 좋게 토트넘을 떠날 수 있게 된 것 같았 다. 경기가 끝난 후, 나는 경기를 끝내고 집으로 돌아가는 손흥민 선 수에게 사인을 받고 함께 사진도 찍었다. 이렇게 축구 경기를 마지막 으로 영국에서의 짧지만 의미있었던 나의 첫 배낭여행을 끝을 내고 다음날 기분 좋게 한국으로 돌아왔다. 한국으로 돌아와서 나는 영국 에서 찍었던 사진들을 나중에 볼 수 있도록 정리를 했고, 지금도 가 끔씩 그 사진들을 보며 그때의 기분을 떠올리곤 한다.

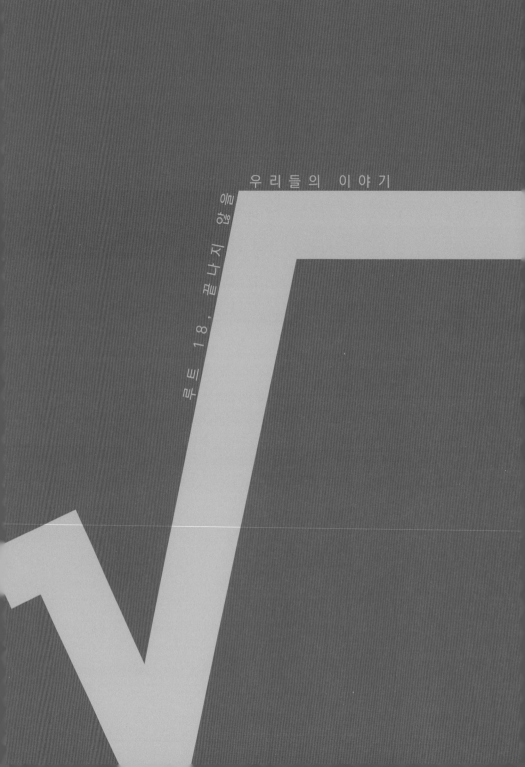

우리들의 이야기

루트 18, 끝나지 않은

기억들의
조각조각

황나경

황나경

나이	낭랑 18세
학력	– 해안어린이집 졸업(2010) – 동촌 초등학교 졸업(2016) – 동촌 중학교 졸업(2019) – 동문 고등학교 재학 중(2019~)
취미	노래 듣기, 책 읽기, 친구들 상담 들어주기, 미술 활동하기
특기	그림 그리기, 만들기
나의 목표 및 장래	나는 '선생님'이라는 꿈에 도달하기 위해서 누구보다 열심히 노력하고 있다. 항상 최선을 다하자는 것이 나의 좌우명이고 나의 미래를 위해 후회 없이 고등학교 생활을 마무리할 것이다.

Prologue

　나는 처음에 학교 문학 시간에 나의 내용이 담긴 자서전을 쓴다고 했을 때 엄청 막막했었다. 남의 이야기를 쓰는 것도 아니고, 나의 내용을 담아서 책을 쓴다니 정말 오글거리면서도 어떤 내용을 써야 할지 감조차 오지 않았던 것 같다. 하지만 책 쓰기 전 과거를 떠올려 보고, 미래를 떠올리는 활동을 통해서 내 머릿속에 잠자던 기억들을 꺼내고, 미래를 상상해 보니 막상 그렇게 어려운 활동은 아니던 것 같다. 이번 책 쓰기를 활동 과정에서 나의 미래에 대해서 상상할 수 있었고, 과거를 회상함으로써 추억에도 잠겨 보는 의미 있는 시간들이었던 것 같다.

나는 교사가 되고 싶어

　나는 어렸을 때부터 항상 꿈꾸던 직업이 정해져 있었는데, 바로 "미술 선생님"과 "선생님"이다. 초등학생 시절에는 계속 미술도 배우고 흥미를 느꼈기에 선생님보다는 미술 선생님에 더 적합했던 것 같다. 하지만 초등학교 고학년이 되고 중학생이 되면서 자연스럽게 학업에 집중하며 미술의 끈을 놓게 되었다. 미술을 그만두고 싶었던 것은 아니었지만 학업을 위해서라면 그때는 당연히 그래야만 할 것 같았다. 그 이후로 나는 미술이 나의 취미로서의 수단으로 바뀌었고, 그 이후로 나의 꿈이 "선생님"에 더욱 가까워진 것 같았다.

　생각해보면 나는 참 누군가를 앞에 앉히고 가르쳐 주는 것을 좋아했던 것 같다. 친구 동생들이 놀러 오면 동생들을 앞에 앉히고 수업을 하는 놀이를 하는 것이 생각해보면 나의 운명적인 적성이 아니었을까 싶다. 중학생에서 고등학생이 되면서 점점 나는 진지하게 나의 직업에 대해서 생각하게 되었다. 나는 미술을 하는 것이 좋았지만 그 것을 진로로 결정하기에는 조금 무리가 있었고 내가 가장 잘하고 좋아하는 것이 뭘까? 라고 생각했을 때 떠올랐던 것이 바로 "교사"였다. 중학교 시험 기간에도 암기과목이나 이해하면서 외워야 했던 과목들은 집에 구비 해둔 칠판으로 쓰면서 공부했다. 마냥 외우거나, 인터넷 강의를 들으면서 공부를 하기보다는 칠판에 글을 쓰면서 선생님 놀이 같이 공부를 하는 것이다. 남이 보기에는 쓸데없는 시간을 허비한다고 생각할 수 있겠지만 나에게는 엄청난 효과를 작용했던 공부방법이었던 것 같다.

　고1 초 나는 여러 가지 상황과 이유로 '초등학교 교사'로 나의 진로를 결정하였다. 하지만 초등학교 교사가 되기 위해서 나에게 여러 장애물이 나를 기다리고 있었다. 교대를 가기 위해서 높은 성적이 필요했고, 1년이 지난 고2인 나는 아직도 성적이라는 장애물이 나의 발목을 잡고 있다. 하지만 남은 기간을 열심히 노력해서 나의 꿈을 꼭 이룰 것이다.

선생님이 되기 위해서는

　나는 지금 선생님이 되기 위해서 엄청난 노력을 했다. 그중에서도 내가 정말로 공들인 부분이 바로 봉사이다. 다른 학과들과 달리, 교사가 되기 위해서는 멘토링이나 교육 봉사가 거의 필수이다, 그래서 나는 나의 꿈이 확실하게 정해진 뒤에 교육 봉사를 시작했다. 학생이 아동센터에 가서 봉사 활동을 한다는 것이 쉬운 일은 아니었다. 엄마와 나는 교육 봉사를 구하기 위해서 총동원했으나 항상 들려오는 대답은,

　"고등학생은 받고 있지 않습니다. 죄송합니다." 였다.

　그렇지만 포기하지 않고 계속 찾아본 결과 드디어 집 근처에 아동 교육 센터에서 드디어 나도 봉사를 하게 되었다. 사실 나는 개방적이고 활달한 성격이 아니라 내성적인 성격이라 가기 전에 엄청나게 고민을 많이 했다. '내가 잘 할 수 있긴 한 걸 까', '아이들이 나를 불신하면 어떡하지'같이 많은 생각이 나의 머릿속을 채웠다. 하지만 무도 베어봐야 안다고 내 앞에 펼쳐진 상황을 겸허히 받아들이기로 했다.

　그렇게 나는 고1 11월 말, 동구에 있는 한 아동 지역센터에 갔다. 아이들이 생각보다 나를 많이 반겨주었고, 계시는 선생님들도 친절하셨다. 고등학생인지라 일주일에 1번밖에 가지 못하는 바람에 아이들과 친해지지 못한 게 너무 아쉬웠다. 그렇게 1달 정도 봉사 활동을 이어가고 있던 도중에 사정이 생겨 그 기관에서 교육 봉사를 하지 못하게 되었고, 그 이후 지인을 통해서 한 지역센터에 가서 방학 동안 봉사를 하였다. 지금은 사실 코로나로 봉사를 하지 못하고 있고, 앞으로 봉사를 할지는 미지수이다. 그렇지만 나는 이 봉사를 통해서 정말

내가 아이들을 가르치고 헌신하며 봉사해야겠다는 마음이 더 다져진 것 같다. 내가 언제 봉사를 할지는 모르겠지만 된다면 꼭 다시 봉사 활동을 하고 싶은 생각이 있다.

선생님의 삶

　2027년 3월 2일. 드디어 학교에 가는 날이다. 학생의 신분으로 공부를 하러 가는 것이 아니라 선생님으로서 학생들을 만나러 가는 역사적인 순간이다. 이 순간을 위해서 나는 얼마만큼을 달려왔는지 생각하면 정말 눈물이 날 것만 같다. 고등학교 사절부터 대학에 가기 위해서 죽을 듯이 노력하여 공부했고, 대학에서도 임용고시에 합격하기 위해서 피땀 눈물을 흘렸다. 하지만 나는 지금 그러한 힘든 시기는 추억처럼 남아있을 뿐이다.

　아침부터 설레는 마음을 앉고 출근하기 위해서 사놓은 예쁜 블라우스와 바지를 사서 집을 나섰다. 차를 타고 드디어 학교에 도착했다. 이른 시간이라 그런지 아직 학생들의 모습은 보이지 않았고 새파란 하늘에 바람이 느끼며 보는 학교의 모습이 너무 굳건해 보였다. 학교 안으로 들어가 배정된 나의 교실에 들어갔다. 자물쇠를 열고 방학 동안 아이들을 기다리면 꾸며놓은 게시판과 ㄷ자로 배치한 책상들이 나를 반겨줬다. 책상에 앉아 숨을 고르고 있다 보니 학생들이 족족 도착했다. 아이들은 부끄럽고 떨리는 마음으로 인사했고 아이들의 얼굴에는 설렘이 가득해 보였다.

　학생들이 다 등교를 한 뒤, 1교시에는 자기소개 시간을 가졌다. 종이에 나의 학력이나 내용 써서 발표하는 것이 아니라 자신과 관련 있는 숫자를 제시한 뒤 다른 친구들이 맞추며 서로를 알아가는 재미있는 자기소개였다. 이 방법은 내 초등학교 시절 6학년 담임 선생님과 했던 방법인데, 내가 선생님 되어 이것을 하고 있다니. 감회가 새로웠다. 학생들도 너무 즐겁게 자신의 소개를 했고, 아이들 서로의 거리,

나와 아이들의 사이도 한결 가까워진 것 같다.

그 이후 1년간 함께하기 위해 준비한 준비물 목록과 공지사항을 알려주고 하루를 마무리했다.

오늘은 나에게 역사적인 날이었다. 나의 꿈이 실현되는 날이었기 때문이다. 정말 너무 행복했고 이게 꿈이라면 깨고 싶지 않았다.

꿈의 종착역

벌써 교직 생활을 한 지 40년이 흘렀다. 되돌아보면 많은 일들이 있었다. 처음 내가 교사가 되었을 때의 기쁨, 교직 생활을 하면서 있었던 아이들과의 추억이 새록새록 떠오른다. 그중에서 가장 기억에 남는 일들을 꼽아 보자면, 스승의 날에 아이들이 이벤트 해주어서 펑펑 울었던 날, 매년 학교에 찾아와서 말동무가 되어주었던 이제는 성인이 된 제자들이 가장 기억으로 떠오르는 것 같다.

꼭 어제 일만 같은 이러한 추억들을 움켜쥐고 나는 나의 또 다른 꿈에 한 발짝 더 다가가 보려고 한다. 한 학교의 대표가 되어 교직원과 아이들을 아우를 수 있는 일. 바로 교장 취임 날이다.

한 반의 선생님이 되는 것과는 상상할 수도 없는 책임감이 나를 누르고 있지만 그만큼 내가 가지는 명예와 헌신과 희생 또한 차곡차곡 축척 될 것이다. 설렘 반 긴장 반을 안고 나는 학교로 향했다. 먼저 긴장되는 마음을 추스르면서 아이들에게 해줄 말과 환영사를 머릿속으로 되뇌었다. 드디어 아이들과 마주하는 시간이 다가왔다. 먼저 아이들에게 인사를 하고 교직원들과도 인사를 나누었다. 그 후 교장실에 들어가 주어진 업무를 처리하고 그 후 여러 안건 사항에 대해서 회의를 하고 퇴근을 했다.

교감일 때는 느낌과는 색달랐던 오늘. 오늘은 마치 내가 다시 선생님이 처음 된 것 같은 느낌을 받았던 것 같다. 그렇기에 50살이 지난 나에게도 설렘이라는 단어가 와닿았고, 모처럼 긴장도 해보았다. 정말 행복하고 나의 하나의 꿈을 실현한 역사의 날이라고 생각되는 날인 것 같다.

Epilogue

나는 자서전을 쓰고 난 뒤 많은 생각을 하게 된 계기가 되었다고 생각한다. 사실 고등학생 시절에 내의 과거를 돌아보고, 미래를 미리 꿈꿔본다는 것이 사실 흔한 기회는 아니라고 생각한다. 사실 중학교 시절에 내가 원하는 주제로 동아리 시간에 책을 만들어 본 적은 있었으나 나의 이야기를 담은 책을 쓰는 것은 처음이었다. 그래서 이번 문

학 시간을 통해서 나를 성찰하고 나의 어릴 때의 향수를 느끼게 해준 이번 시간들이 너무 소중하게 느껴졌다. 사실 이번 자서전 쓰기는 우리가 열악한 환경 속에서 만들어내 책이기 때문에 내가 하고 싶은 많은 이야기를 담을 수 없었다고 생각하여 한편으로는 아쉽기도 했었다. 그래서 나중에 성인이 되어 기회가 된다면 자서전의 형태가 아니라도 꼭 나의 솔직한 이야기를 담은 책을 한 번 더 출간해보고 싶다.

우리들의 이야기

루트 18, 끝나지 않을

꿈을 찾아 떠나는 머나먼 여정

박재원

04

박재원

생년월일	2003. 7. 2.
나이	18세
혈액형	A형 같은 O형
고향	대구 파티마 병원
가족	아빠, 엄마, 누나, 나
취미	음악듣기, 그림그리기
특기	기타 연주하기, 피아노 연주하기
보물 1호	나
가고 싶은 대학교	경북대학교(학과 미정)
좌우명	한번 시작했으면 끝을 보자

Prologue

문학 책쓰기 수업을 통해서 난생처음으로 내가 책을 직접 써서 만들어보는 시간을 가졌다. 책을 쓰기에 앞서서 어떻게 책을 써나가야 할지 계획도 세웠지만 막상 처음 글을 쓸 때는 분량도 많아 보였고, 글을 쓰는 것에는 소질이 없어 서툴렀다.

하지만 그런 생각들은 이야기 한 개를 쓰자마자 모두 사라졌다.

내가 생각했던 것보다 훨씬 재미있었고, 글을 써 내려갈 때마다 뿌듯함이 느껴졌다. 특히 미래의 이야기를 쓰는 것이 가장 재미있었는데 앞으로 무슨 일이 일어날지 전혀 알 수 없지만 미래에 내가 하고 싶은 일과 가고 싶은 곳을 써보면서 꿈을 갖게 돼서이다.

아직 나의 나이는 18살이고, 여태까지의 인생은 전체 인생의 아주 작은 부분에 불과하다. 나중에도 내가 이 책을 가지고 있다면 미래의 나와 내 가족들에게 이 책을 보여주고 싶다.

마지막으로 책을 쓰는데 영감을 준 가족, 친구, 그리고 책쓰기 수업을 가르쳐주신 김선영 선생님께 이 책을 바친다.

설렘과 두려움, 그리고 희망

때는 2019년 2월 23일로 거슬러 올라간다. 나는 길었던 중학교 3년 생활을 모두 마치고 방학은 끝을 향해 가고 있었다. 그때까지만 해도 내가 정말 고등학생이 된다는 것이 실감 나지 않았고, 마음속은 설렘 반, 두려움 반이었다. 일단 고등학생이 된다는 자체만으로는 나에게 있어 또 한 번의 새로운 도전이자, 내 삶의 방향을 설정할 좋은 기회라고 생각했다. 그리고 더 이상 부모님이 시키지 않아도 스스로 공부하고 행동하는 모습을 보여 성숙해진 나의 모습을 경험하고 싶었다. 그날 밤, 나는 조용히 불을 끄고 누워서 고등학교의 나에 대하여 생각을 하기 시작했다. 기대와는 달리, 나의 표정은 어두워지고 있었다. 머릿속에는 잡다한 걱정들이 떠올랐는데 그중에서 가장 큰 고민거리는 '성적'이었다. 물론 중학교 때도 중상위권을 유지하곤 했지만 고등학교에서는 도무지 어떻게 공부해야 할지 막막했다. 그렇게 힘들어하고 있을 무렵에 엄마께 고민을 털어놓았고, 엄마는 나에게 "걱정하지 마. 엄마는 원이를 믿어. 우리 재원이는 그런 것으로 무너질 약한 아이가 아니야. 충분히 잘 해낼 수 있을 거야."라며 따뜻한 미소로 나를 격려해주셨다. 다음 날, 나는 한결 기분이 좋아진 채로 친구와 교복을 입고 증명사진을 찍으러 갔다. 사진을 찍으면서 내

가 고등학교 생활에 대한 두려움이 사라졌음을 느꼈고, 한층 발전한 나의 모습을 볼 수 있었다. 지금 생각해보면 그때의 상황을 이겨낸 것이 나에게 큰 동기부여가 되었으며 웬만한 실패에도 좌절하지 않는 긍정적인 나를 만들어 준 것 같다.

가족과 제주도로

2019년 7월 26일, 나는 가족과 함께 제주도행 비행기에 올랐다. 전부터 제주도에 꼭 한번 가보고는 싶었지만, 별생각 없이 방학을 보내고 있었는데 아빠가 갑작스럽게 가족에게 말도 없이 비행기표를 예약해서서 제주도로 여행을 가자고해서 얼떨결에 가게 된 것이다.

나를 제외한 가족 모두 비행기를 탄 적이 제법 있었지만 나는 그때가 내 인생 첫 비행기 탑승이었다. 비행기라고 해서 많이 흔들릴 줄 알았는데 편하기만 하고, 창밖으로 바라본 구름이 너무 예뻤다. 그렇게 제주도 공항에 도착하고 아빠가 렌터카를 빌려서 엄마, 누나, 나모두 편하게 리조트로 갈 수 있었다. 리조트 방에 도착하자마자 나는 침대를 찾았고, 위에서 펄쩍펄쩍 뛰었다. 리조트가 생각보다 넓어서 네 명이서 쓰기에는 충분했다. 숙소에 도착한 첫날은 숙소에서 시간을 보내다가 주변 해수욕장에 갔고, 아쉽지만 수영을 하지 못했다.

날씨가 제일 더울 여름철 7월 말에 간 터라 수영을 하다가는 살이 모두 타버릴 것만 같았다. 그렇게 사진을 몇 장 찍고 바로 집으로 돌아와서 씻고 치킨을 시켜 먹었다. 새벽까지 TV를 보고 놀다가 잠이 들었다.

　다음 날, 아침을 먹고 우리 가족은 본격적으로 제주도를 투어해보기로 했다. 테디베어 박물관, 이중섭 거리, 여미지 식물원, 김영갑 박물관, 해변가 등 여러 관광지를 방문하고는 맥도날드에서 점심을 먹었다. 다음날, 제주도 여행 마지막 날은 슬프게도 비가 너무 많이 내리는 바람에 리조트에서만 계속 시간을 보냈다. 아쉽지만 제주

도 여행을 뒤로하고 다시 일상으로 돌아가야 할 시간이 되었다. 제주도 공항에서 비행기를 타고 다시 대구로 돌아왔고 곧장 집으로 가서 뻗었던 것 같다. 다음번에도 가족과 함께 또 가고 싶고 친구들과도 돈을 모아서 같이 가보고 싶다는 생각이 들었다.

가벼운 발걸음

2030년 2월 15일, 오늘은 내가 첫 출근을 하는 날이다.

그동안 고등학교 졸업 후 경북대학교 지구시스템학과에 들어가 열심히 공부하고, 군대도 다녀온 후 대학원까지 가며 끊임없이 노력한 결과가 마침에 빛을 보게 되는 순간이다. 내가 다니게 될 직장은 KIOST(한국해양기술원)으로 부산에 위치해 있는데 나는 연구기술직 쪽으로 입사를 하게 되었다. 입사하기 전 마지막 최종 면접 순간은 아직도 기억이 생생하다. 그때 나는 몹시 긴장된 채로 면접을 치렀고, 중간에 한 번 더듬는 바람에 속으로 "아… 망했구나…"라고 생각했다. 그러나 내 예상과는 달리 몇 주 뒤 면접에 합격했다는 소식을 받고, 우리 가족 모두가 기뻐하며 나를 진심으로 축하해주셨다. 큰 목표를 하나 이루었지만 나의 목표는 아직도 많이 남아있다.

먼저 해양에너지를 실용화할 수 있는 기술을 계획 및 개발하여 해외로 진출하는 게 가장 큰 목표이고, 이외에도 경제적으로 안정해진다면 결혼도 할 것이다. 내가 이렇게 많은 목표를 가지고 있다는 것은 행운이고, 이 행운이 항상 지속되지는 않겠지만 나에게는 실패에 쉽게 굴복하지 않을 강한 의지가 있기 때문에 결코 두렵지 않다.

시간 가는 줄도 모르고 생각에 잠겨있었더니 벌써 시간이 7시 40분이 넘었다. 얼른 서둘러서 회사에 지각하지 않아야 하는데 초조한 마음과 달리 왠지 모르게 발걸음은 가볍다.

새로운 목표

　　현재 나이 52살, 딸들은 취업을 하여 결혼을 앞두고 있고, 아내와 나는 슬슬 노후 대비를 하고 있는 시기이다. 100세 인생이라고는 하지만 실제로 그만큼 살 것이라는 보장이 없기에 미리 먼 미래를 위해 대비하는 것은 중요하다. 최근에 나는 52살이라는 적지 않은 나이에 새로운 목표가 생겼다. 일명 버킷리스트라고 불리는 것을 살면서 쭉 공책에 기록했었는데 99가지 항목 중 78가지를 이루고, 21가지 목표가 남은 상황에서 한 가지 목표가 추가돼 100가지 항목이 된 것이다. 먼저 아직 이루지 못한 항목에는 해외 아프리카 봉사활동 가기, 세계일주여행 하기, 남극 다녀오기 등등 많은 종류가 있다. 나의 새로운 목표를 소개하자면 바로 주어진 삶에 만족하며 늘 감사하며 살기이다. 사실 이 목표는 지금 당장이라도 이룰 수 있는 목표이지만 쉽게 이루기 어렵기도 하다. 어릴 때는 보통 현재 자신의 삶에 만족하지 못하고 남들은 이것저것 하는데 자기는 못 한다고 불평하는 경우가 많다. 또 지금의 내가 아직까지 살아있음에 감사하고 나를 키워준 부모님에게 감사하며, 나를 믿고 따라와 준 내 가족에게 감사하며, 나와 친구가 되어준 많은 내 친구들에게도 감사하는 마음을 가져야하는 것처럼 이 세상에는 사소한 것들에도 감사할 일이 많이 존재한다. 나도 52살까지 살면서 항상 내 삶에 만족하는 삶을 살고 싶었지만 그러기가 쉽지 않다는 것을 안다. 지금이라도 내 삶을 아름답게 바라보며 나라는 존재를 더 가치 있게 바라봐야 할 것이다. 또한 지금 당장이라도 주변에 있는 사람과 사물에게 감사하다는 말을 넌지시 던져 보는 게 좋을 것 같다.

Epilogue

길었던 글쓰기가 마침내 끝났다.

누구나 그렇듯이 아쉬움이 제일 큰 것 같다. 먼저 내용에서 재미있는 부분이 하나도 없다는 것인데 원래 성격도 그렇게 재미있지 않아서 어쩔 수 없다고 생각한다. 그리고 글이 생각보다 잘 써져서 내용이 다소 많다고 느껴질 수도 있을 것 같다.

하지만 지나간 일은 뒤로하고 글을 쓰면서 새롭게 알게 된 점은 과거의 내 모습을 떠올리는 과정에서 추억을 되돌아볼 수 있었으며, 나 자신을 되돌아보는 계기가 되었다. 또한, 미래의 나는 어떤 모습이고, 무엇을 하고 있을지 상상해보면서 앞으로의 목표와 삶의 방향을 설정하는 데 큰 도움이 되었다고 생각한다.

뿐만 아니라, 책쓰기를 통하여 과거의 나와 현재의 나를 만나보면서 내가 정말로 하고 싶은 일이 무엇인지 깊이 있게 생각해보게 되었다.

더 할 말이 없으므로 이만 자서전을 모두 마친다.

이 긴 글을 읽느라 수고했고 고맙다.

우리들의 이야기

루트 18, 끝나지 않은

노력의
레시피

강다현

노력의 레시피

05

강다현

생년월일	2003. 12. 23.
학교	동문 고등학교 재학 중
	원하는 것을 위해 노력 하는 중

Prologue

아직 경험도 많이 없고, 필력도 부족한 잘난 것 하나 없는 글이지만 나의 생각과 감정, 상상이라는 꽃을 노력의 레시피라는 화분에 꽂아서 물을 줘보았습니다. 물을 주는 과정에서 이런 것을 써도 되나, 무언가 부족하지 않을까? 라는 고민을 많이 했습니다. 하지만 남에게 보여주기 이전에 나의 꽃을 꽂는 화분이기에 하나하나 다 써보았습니다. 알려주고 싶은 기억이기도, 나만 알고 싶은 부끄러운 기억이기도 하지만 언젠가는 잊힐 기억들. 그 기억들이 존재하던 시간의 한 조각을 글로 담아낸다는 것이 어려웠지만 제가 만족할 수 있는 글은 써내었습니다.

나의 노력의 성과와 미래에 목표를 달성하기 위해서 노력하는 나의 모습과 일상생활을 담아냈습니다. 비록 많이 부족한 글이지만 누군가가 이 글을 읽고 별거 아닌 것처럼 보이는 경험에서도 자신의 강점을 발견 할 수 있었으면 좋겠습니다.

2020. 7. 24.

부드러운 3등 만들기

〈재료〉 귀찮음 두 도막,
싫음 세 공기,
노력 4T,
뿌듯함 3T,
기쁨 5.5T

〈만드는 방법〉
학교 안을 채우는 수많은 사람들의 목소리와 밝고 경쾌한 음악.

초등학교의 운동회를 알린다.

나는 이날이 정말 싫었다. 단순히 운동을 못 한다는 이유도 있지만, 운동회 종목에서 졌을 때 보게 될 아이들의 눈빛과 떠들어대는 목소리들이 두려웠기 때문이다.

하지만 그것과는 별개로 운동을 잘하고 싶었다. 한 종목에서 만이라도 내가 원하는 결과를 끌어내고 싶었다.

운동회 날마다 늘 하는 달리기.

나는 집으로 가서 언니에게 말했었다.

"나랑 놀이터 가서 달리기 연습하자."

언니와 나는 놀이터에 가서 산책로를 달렸다. 한 바퀴를 다 뛰는데 몇 초가 걸리는지 속으로 세면서. 무작정 뛰다가 시간을 생각하면서 1분 30초 정도가 나왔으면 1분 20초로, 1분이 나왔다면 50초로 결과에 따라 목표를 만들어 가면서 이루어 내기 시작했다.

끊임없는 노력을 하고 운동회 날 당일이 되었다.

빨간 트랙에 서서 긴장되는 마음을 달래며, 속으로 빌었다.

'제발, 나도 잘하고 싶은데…'

탕 –

선수들의 시작을 알리는 총소리가 울렸다.

나를 앞질러 가는 아이들, 두려워지기 시작했다.

이렇게 연습했는데 왜 안 되는 거지? 왜 항상 꼴찌만 해야 해?

지기 싫었다.

승패라곤 없었지만 지기 싫었다.

나는 이 악물고 달려서 내가 낼 수 있는 최대한의 속력으로 달렸다.

결승점에 도달하였고, 손등에 찍히는 나의 달리기 순위.

3등

처음이었다.

항상 꼴찌만 해오던 내가 3등을 하는 순간.

운동회에서 처음으로 기쁨을 느낀 순간.

〈Plus〉

그 어린 시절 저녁에 밥 먹기 전, 밥 먹고 나서 나를 따라서 같이 달리기 연습을 해주는 언니에게, 정말 귀찮았을 텐데 도와줘서 고맙다고 말하고 싶다. 아직도 언니라고 나를 챙겨주는 언니에게 정말 고맙다.

새콤한 영어 점수 만들기

〈재료〉 선생님의 노력 6T, 나의 노력 4T, 기쁨 3T, 싫음 3쪽,

　　　　재미없음 4도막, 흥미 3T

〈만드는 방법〉

　나는 어째서인지 영어를 못한다. 아주 많이 못 한다. 시험 한 번 쳤다 하면 20, 30점… 그래선지 시험 기간이 되면 영어 과목은 버리고 시험공부를 하는 경우가 많았다. 영어를 못하고 버리고 시험을 치다 보니 당연하게도 성적은 나오지 않고, 그러다 보니 자연스레 영어를 싫어하게 되었다. 하지만 그러던 나도 영어 성적이 상대적으로 잘 나왔었던 때가 있었다.

　중학생 때, 영어 담당을 맡으셨던 선생님이 수업을 정말 열심히 하셨다. 그에 따라 나도 영어 수업에 열심히 임하였다. 아이들이 수업을 재미있게 들어주었으면 해서 준비한 게임들과 흥미를 느낄 만한 이야기로 수업을 하셨다. 그만큼 선생님도 좋아져서 영어에 대한 재미가 생겼다. 그래서 영어를 버리지 않고 조금 공부해 보기로 했다.

　시험을 치는 날이 되었고, 별다른 긴장감 없이 시험을 치렀다. 그 점수는 난생처음 받아보는 영어 점수였다. 60점. '와 대박 뭐야??? 내가 어떻게 이런 점수를 받아??' 남들이 보면 못 쳤다고 할 점수지만, 나에게는 60점이 수학 90점을 받은 것보다 기뻤다.

　내가 이런 점수를 받을 수 있었던 것은 재미없었던 영어에 부딪혀 보기로 결심한 것도 있지만, 선생님이 학생을 가르치려는 열의가 눈에 보여서 바뀔 수 있었던 것도 있다고 생각한다.

뭐 그렇지만 지금은 다시 시험 칠 때 영어 과목은 버리고 있지만, 영어를 좀 더 잘해보고 싶다는 마음은 아직 남아있다. 고등학교 3학년이 되기 전까지 영어 성적 올릴 수 있도록 이번 연도에 꾸준히 노력해서 대학 들어갈 수 있는 성적을 만드는 게 목표이다. 열심히 노력하자!!

달콤한 건축 수업 만들기

〈재료〉 노력 5T, 불안함 2개 반, 부끄러움 4송이, 성취감 6T, 뿌듯함 4T,
다짐 3T, 지식 3T

〈만드는 방법〉

1학년 수학 시간에 수행 평가로 마인드맵 제작을 하면서, 내가 건축가가 되고 싶다고 거짓말을 했었던 적이 있다. 솔직히 양심의 가책이 느껴지기도 하지만, 선생님의 건축과 관련된 이야기와 기술 시간의 활동들이 정말 나의 꿈을 건축가로 만들어 주었다. 지금에 와서는 정말 잘 되었다고 생각한다.

1학년 2학기 방과 후로 건축과 관련해서 방과후가 하나 생겼었는데 건축에 흥미가 가득했었던 당시 나는 바로 신청을 하였다.

선생님의 설명을 들으며 하나하나 기억하고, 이미 그려진 도면으로 설계를 하여 그에 따라 폼 보드를 잘라서 모형을 만들었다. 이 과정까지 내가 제일 서툴렀고, 제일 느린 작업 속도를 보여주었다. 건축 방과후 수업을 들으면 들을수록 '아, 나는 왜 이렇게 느린 걸까.', '매일 매일 열심히 잘 들었는데…' 라는 생각밖에 하지 못했다.

이윽고 마지막 수업까지 두세 시간이 남았고, 내가 그린 도면으로 폼 보드를 잘라 모형을 만드는 날이 왔다. 내가 살고 싶었던 집을, 짓고 싶었던 집을 상상하면서 종이에 선을 하나하나 그려나갔다. 도면을 완성 시키고, 이에 따라 폼 보드를 자르면서 나만의 집을 쌓아갔다. 역시나 내가 제일 느리게 완성하였지만, 선생님께서도 내가 가장 잘 만들었다고 하셨고, 나 역시 그렇게 생각하였다.

　나는 건축 방과후 수업을 듣기 정말 잘했다고 생각한다. 그로 인해 건축 관련 지식이 늘어났을 뿐만 아니라 깨달은 것이 생겼기 때문이다. 처음에는 서툴지 몰라도 노력을 한다면 점점 더 능숙해질 수 있다는 것을. 노력은 절대로 나를 배반하지 않는다고. 덕분에 나는 내가 노력이라는 강점이 있다는 것을 다시 한번 상기시킬 수 있었다.

〈Tip〉

　나에게 주어진 일을 아득해 보이고 어렵다고 물러서지 말자! 내가 할 수 있다는 믿음을 가지고 부딪쳐 보자!

달콤고소한 성인 생활 만들기

〈재료〉 행복 4T, 설렘 3T, 불안함 2컵, 동심 3.5T, 안심 2T

〈만드는 방법〉

  힘들었던 3년간의 고등학교 생활을 졸업하고 20살, 성인으로써의 생활을 하게 되었다. 중학생 때부터 아직 연락을 주고받는 6년 지기 친구와 고등학교 친구와 만나서 같이 밥 먹기로 했다.

  "야 대박 우리 올해 처음 봐!!"
  "?? 새해 된 지 일주일밖에 안 됐는데?"
  "아 암튼 해 지나갔으니까 처음 본거임!!"
  "뭐지???"
  서로서로 장난을 치며 함께 밥을 먹으러 갔다.

  "야 뭐 먹을래?? 시카고 피자? 필라프?"
  "아 몰라 다 시켜!! 다 먹으면 되는 거지!!"
  "천잰데??"
  "너어는 진짜 초고수다……."

  각자 음식을 시키고 다시 이야기꽃을 피워냈다.
  고등학교 생활이 끝나면 더는 연락을 하지 않을 것만 같은 기분이 들었었는데, 막상 끝나고 나니까 그건 또 아니었나 보다.

"아~~ 자퇴하고 싶다…"

"아니 ㅋㅋ 님아 우리 입학한 지 1년인데요. 이제??"

"애초에 들어가기 힘들어했잖아."

"아니~~ 그치만 진짜 가기 싫다고 더럽게 멀고… 과제는 많지,
학교 애들도 다 별로야."

"걔네도 너 별로임."

"아."

어느덧 음식이 나왔다. 우리는 각자 주문한 음식을 서로 나눠 먹고
식당을 나섰다.

"야 얘들아, 노래방 갈래??"

"난 상관없어."

"나도 노상관."

"아 ㅋㅋ 노래방 딱대. 이때 까지 못 부른 거 다 부르러 간다."

"아, 그럼 다음에 피시방도 가자."

"아 그거 당연한 거지~~"

우리는 셋이서 노래방도 가고, 피시방도 갔다.

즐길 것을 다 즐기고 난 뒤, 마무리도 할 겸 함께 카페로 갔다.

"아니~~~ 애초에 연락을 했는데 연락을 안 보는 게 뭐냐고~~
잘 본다매!!!! 본다매!!!!"

"진짜 쳐다보기만 하네 ㅋㅋㅋ"

"아니 에바지 이 맨들맨들 빡빡이!! 문어대가리!!! 타코야끼!!"

"으;;; 두발도 없이 어떻게 걸어 다녔냐!"

"아니 ㅠㅠㅠㅠㅠㅠ 연락 해보자매.."

"야… 그냥 너도 연락하지 마."

"이제 평생 안 옴."

"눈물 나네 진짜……."

신세 한탄을 하며 음료를 한두 모금 마시면서

서로의 얘기를 하고, 헤어졌다.

"다녀왔습니다…"

집으로 돌아와서는 바로 쓰러졌다.

성인이 되면 좀 더 의젓하게 생활 할 수 있을 줄만 알았는데,

그런 것은 아니었나 보다.

"어떻게 변한 게 하나도 없냐…"

나에게 다가오는 고양이를 쓰다듬어 주며, 생각했다.

뭐, 아직은 좀 더 어린애로 있어도 되지 않을까?

무작정 어른이 되었다고 어른스럽게 살 수 있는 것은 아니니까.

아직 내가 마주해야 하는 것이 많은걸.

Epilogue

비록 부족한 글이지만 여기까지 읽어준 여러분께, 별거 아닌 것처럼 보이는 값진 경험을 선물해준 모두에게 고맙다는 말을 전하고 싶습니다. 국어 수업 과제라는 강제적으로 끌어내야만 하는 상황 속에서 강제가 아니라 자유라는 감정을 느끼며 제 안에 있는 다양한 경험과 상상 속에 가장 빛나는 것들을 엄선하여서 담아낸 이야기인 만큼 모두 재밌게 읽었다면 다행입니다.

이 글을 쓰면서 나의 강점을 다시 알게 되었고, 다양한 경험을 통해서 어려운 상황이 닥치더라도 극복해낼 수 있다고 믿을 수 있게 되었습니다. 글을 쓴 나도, 글을 읽은 모두도 자기가 지향하는 행복을 향해서 도달할 수 있었으면 좋겠습니다.

감사합니다.

2020. 7. 24 .

우리들의 이야기

루트 18, 끝나지 않은

한번 사는 인생
즐겁게 즐기자!!

고현은

한 번 사는 인생
즐겁게 즐기자!!

06

2019.3.3

고현은

지금 나는 동문고에 다니고 있다. 취미는 춤추는 것이다. 내가 유일하게 제일 잘하는 것이 춤추는 것이고 초3 때부터 지금까지 쭉 추고 있다. 이 그림은 내 친구가 직접 그려줬다. 그림에서 보이는 3마리 고양이는 우리 집에서 키우고 있는 고양이다. 위에서부터 삼식이, 딱지, 순영이다. 삼식이는 막내로 털 색깔이 3개여서 삼식이고, 딱지는 엄마를 너무 따라서 껌딱지에서 따온 말이다. 순영이는 고양이 엄마로 내가 좋아하는 가수의 이름으로 지어주었다. 저 그림에서 입고 있는 티셔츠는 내가 고1 때 체육대회 반티인데 일상생활에서도 많이 입고 다녀서 친구가 무지개 티셔츠로 그려줬다. 내가 좋아하는 사진 중 하나이다.

Prologue

이 책은 내가 살면서 해보고 싶은 것들과 지금까지 살면서 기억에 제일 오래 남고 재미있었던 기억을 하나씩 풀면서 추억을 되새겨 보는 시간을 가졌다. 내가 기억력이 좀 안 좋은 편이라서 그때마다 사진을 찍어서 인증을 남긴다. 이 책을 쓸 때 기억이 안 나서 사진들을 보며 과거를 떠올리며 썼다. 기억은 시간이 오래될수록 왜곡된다. 그래서 약간 다를 수도 있지만 그때 느꼈던 감정은 확실하게 기억이 난다.

책의 순서는 과거에서 미래로 넘어간다. 과거와 미래의 내용을 보면 공부에 관한 얘기가 없을 것이다. 왜냐하면 나는 공부하는 것이 싫기 때문이다. 나는 매일 공부하는 것보다 하고 싶은 것을 하면서 행복하게 살아가는 것이 중요하다고 본다. 우리나라는 공부를 너무 많이 시킨다. 공부를 잘해서 행복해진다고 생각하지 않는다. 너무 죽을 듯이 공부하지 말고 자신의 시간을 가지고 자기가 좋아하는 일을 하며 조금이나마 여유를 가지며 살아가 보자.

내가 말재주도 없고 말을 잘하는 편이 아니어서 읽으면서 말이 이해가 안 갈 수도 있다.

첫 일본 여행

　나의 첫 해외여행이자 일본 여행은 중1 때 갔다. 이때 친언니가 일본에 유학하고 있어서 언니 보러 가는 김에 사촌 언니들이랑 같이 3박 4일로 일본 여행을 갔다.

　첫째 날은 규카츠 고기를 먹으러 갔다. 먹는 법이 신기한 게 1인 미니 화로에 구워 먹는 식이다. 밥을 다 먹고 오사카 도톤보리를 둘러보면서 '글리코상' 이랑 사진 찍고 다코야키를 먹고 숙소 돌아갔다. 여기서 한 가지 문제가 생겼다. 거의 밤 11시가 다 되어서 숙소로 돌아가게 되었는데 택시가 안 잡혔다. 어쩔 수 없이 캐리어를 끌고 숙소까지 30분 동안 걸어갔다. 너무 힘든 하루였다.

　둘째 날은 유니버설 스튜디오에 갔다. 일본에 오면 꼭 오고 싶었던 장소 중 하나이다. 하필이면 가는 날이 엄청 더웠다. 땀을 흘리면서 줄을 서서 놀이기구를 탔다. 제일 재미있었던 놀이기구는 익룡 롤러코스터랑 해리포터 기구, 쥐라기 파크가 제일 재미있었다. 해리포터 성이 정말 멋있었고 신기했다. 정말 영화에는 있는 세트장 같았다. 익룡 롤러코스터를 기다리면서 무슨 고기를 먹었는데 더럽게 맛없었다. 아 그리고 자

판기에서 콜라를 뽑아먹는데 손바닥만 한 크기에 우리나라 돈으로 5000원이어서 엄청 비싸다는 것을 알게 되었다. 점심에는 귀여운 미니언즈 햄버거를 먹었는데 보는 것만 맛있어 보이고 햄버거에서 고무 맛이 난 것은 처음이었다. 저녁으로는 우동을 먹었다. 우동이 그렇게 맛있진 않았지만 햄버거가 맛없고 많이 못 먹어서 다 먹었다.

셋째 날은 도쿄로 가서 유카타를 입고 절을 돌아다녔다. 이때 사이즈가 거의 다 크고 내가 맘에 드는 옷이 없어서 삐친 상태로 입술을 쭉 내밀고 돌아다녔다. 사진을 보면 표정이 정말 썩어있다.

그리고 신발이 나막신이어서 발이 너무 아팠다. 여기저기 많이 돌아다니면서 사진을 찍었는데 나는 삐쳐서 사진을 많이 못 찍은 게 조금 아쉽다. 지금 보니까 옷이 조금 괜찮은 것 같다.

저녁에는 백화점 같은 높은 건물에 있는 관람차를 타러 갔다. 엄청 높았다. 밤에 갔는데도 사람이 많아서 줄을 서서 탔다. 하루 인원수가 있어서 아슬아슬하게 탔다. 제일 높은 곳에 올랐을 때 도쿄의 전망이 너무나 아름다웠다.

마지막 날은 간단하게 쇼핑하고 돈키호테에 들려서 구경 좀 하고 친구들에게 줄 작은 선물 열쇠고리를 사가지고 갔다. 일본은 코스프레가 유명해서 그런지 코스프레 옷들이 많았다. 간단하게 쇼핑을 하고 비행기 타고 한국으로 갔다. 정말 재미있는 일본 여행이었다.

재미없는 졸업여행

우리는 중2 때 세월호가 터져서 수학여행을 못 가게 됐다. 그래서 중3 졸업여행을 굉장히 기대하고 있었는데 세월호 터진 후에 1박은 안된다고 해서 엄청 많이 실망을 했다. 게다가 부산, 경주, 포항 중에 뽑기를 해서 가는 거였는데 우리 반은 바다가 있는 부산이나 포항에 가고 싶었는데 뽑기에서 경주가 걸려서 어쩔 수 없이 가게 되었다.

경주에는 어떤 산에 있는 절? 같은 곳을 가고 황리단길이랑 버드 파크에 갔다. 와 정말 재미없었다. 먼저 산을 올랐는데 주변에 볼 곳도 없고 그냥 정말 등산만 하고 왔다. 그리고 버드파크로 갔는데 이곳도 정말 재미없었는데 시간을 너무 많이 줘서 지루했다. 한 친구가 피곤해서 소파에 누워 자고 있는 모습을 몰래 찍었다. 너무 웃겼다. 그리고 따른 친구는 새 구경을 하고 있는데 '손을 내밀지 마시오.' 라고 적혀있는데 무시하고 내밀어서 새한테 물린 장면이 우연히 사진에 찍혔는데 그 친구의 모습이 너무나 웃겼다. 진짜 한참 동안 웃었다. 지금도 보면 너무 웃기다.

마지막으로 황리단길에 갔는데 이곳은 앞에 갔던 두 곳 보다 재미있겠지 하고 기대를 하고 있는데 주변이 다 카페이고 가게밖에 없었다. 아니 근데 쌤이 돈 쓸 일 없다면서 돈 들고 오지 말라고 했다. 그래서 나는 맛있는 것도 못 사 먹고 쇼핑도 못 했다. 와 정말 짜증 났다. 그래도 내 친구가 빙수를 사줘서 그거 나눠 먹고 내 비상금 5000원이 있길래 빵집에 가서 먹음직스러운 것을 골라서 사 갔다. 또 짜증 나는 게 황리단길이 둘러볼 곳이 더 많은데 시간을 제일 적게 줘서 다 둘러보지도 못했다. 다른 반들은 꽃밭에 가서 사진도 찍고

놀았는데 우리 반은 다른 곳에 내려줘서 꽃구경도 하지 못하고 학교
로 돌아가게 됐다.

그렇게 내 첫 졸업여행은 최악으로 끝이 났다.

농촌 체험

올해 여름방학 때 영덕 약간 시골 쪽에 살고 있는 작은엄마 댁에 놀러 가기로 했다. 주변에 바다도 있고 강도 있어서 여름에 물놀이 하기 딱 좋은 장소이다. 작은엄마는 강아지를 좋아해서 5마리를 키우고 있다. 그중에 이름이 '코리'라고 보더콜리 종류의 똑똑한 개가 있는데 엄청 멋지고 순해서 나는 '코리'를 제일 좋아한다.

여름 방학 때 가게 된다면 한 1박 2일 정도 머물다가 올 예정이다. 작은엄마 집에 밭이 있어서 여러 가지 채소와 과일을 키우고 있다. 그래서 밭에 가서 채소와 과일을 따고 밤에 캠프파이어를 하기 위해 장작을 10개 정도 팰 예정이다. 그리고 주변에 맑은 강이 있어서 튜브랑 수박이랑 먹을 거 챙기고 가능하다면 강아지들까지 데리고 물놀이를 하러 가고 싶다. 강에 다슬기가 좀 있으면 챙겨가고 시원한 수박을 먹으면서 놀 거다. 그리고 역시 밤에는 캠프파이어 하면서 고기를 구워 먹고 후식으로 마시멜로도 구워 먹으면서 수다 떨고 밖에 텐트 치고 그렇게 하룻밤을 보낼 거다.

둘째 날에는 바다에서 놀 거다. 작은엄마 집에서 차로 10분 내로 바다가 있어서 엄청 가깝고 편하다. 거기의 파도가 높은지는 잘 모르겠지만 파도 타고 놀고 만약 워터슬레이(바나나보트)가 있으면 타고 점심으로 고기 먹으러 가고 3시까지 좀 놀다가 이제 슬슬 갈 준비를 하고 집 가는 차 안에서 아마도 나는 뻗어서 자고 있을 것 같다.

뉴원

　지금 나는 대구청소년수련원의 청소년 동아리연합 "몽쉘"이라는 동아리에서 "뉴원"이라는 팀에 속해 있다. 나는 5명의 언니들과 약 4년 동안 함께 춤추고 있다. 내 삶의 사 분의 일은 거의 언니들과 함께 지내고 있다. 춤 공연을 하려고 동아리에 들어왔는데 언니들과 함께 하는 시간이 즐거워서 지금까지 쭉 계속하고 있다. 그만큼 언니들이 좋고 착하다. 춤만 추지 않고 맛집 탐방이나 예쁜 카페나 놀이동산 등 자주 놀러 간다.

　4년 동안 언니들이랑 지내왔으니 고등학교를 졸업해도 나는 언니들과 함께 춤추고 있을 것 같다. 내가 아직 미성년자여서 고등학교 졸업하면 언니들과 같이 1박 2일이든 3박 4일이든 여행을 가고 싶다.

그리고 같이 술도 먹어보고 싶다.

나중에 언니들이랑 춤 공연 다 끝나고 방 탈출 카페에 가기로 했다. 나는 한 번도 해 본 적이 없어서 기대된다. 나는 물건을 이것저것 만지다가 잃어버리거나 부러트릴 것 같다. 언니들은 내가 사고 친 거 뒷수습하고 어쩌다 보니 문제 풀어서 방을 나갈 것 같다. 언니들의 행동이 상상돼서 웃기다.

우리 팀은 춤 연습을 할 때 거의 잡담을 많이 하는 편이다. 그래서 다음 연습 때에도 춤 60%로 추고 카페에 가서 놀고 있을 것 같다. 사실 나는 언니들이랑 얘기하고 싶어서 연습하러 오는 거다.

빨리 언니들과 놀고 싶다.

Epilogue

처음에는 어떻게 쓸지 막막했는데 막상 써 보니까 의외로 쓸 내용이 많았다. 쓰다 보니까 옛날 일도 떠오르고 좋았다. 미래의 내용을 쓰는 것이 어려웠다. 과거는 겪었던 내용을 적으면 되지만 미래는 내가 하고 싶은 것들을 적으면 되는데 나는 계획 짜고 미리 생각해놓는 스타일이 아니고 즉흥적으로 실행하는 스타일이어서 미래에 대해서 적는 게 힘들었다.

글을 어떤 형식으로 쓸지 고민이 됐다. 어렸을 적부터 일기밖에 안 써봐서 대화 형식으로 시작하려니 도저히 감을 못 잡겠기에 일기 형식으로 썼다. 조금 더 다양하게 형식으로 썼으면 풍부하고 더 좋았을 것 같다.

우 리 들 의   이 야 기

루트 18, 끝나지 않은 이름

붉은 머리
오목눈이
(부제 : 덤불 속 소란스런 수다쟁이)

김신실

07

김신실

생년월일	2003. 10. 20.
학력	대구 중앙초등학교 졸업
	소선여자 중학교 졸업
	동문 고등학교 졸업
	이화 여자 대학교 졸업
mbti	intp-A(논리적인 사색가)
나이	18세
학교	대구 동문고등학교
취미	거북이와 산책

Prologue

선생님께서 국어 수업 책 쓰기 시간에 '나'를 주제로 한 책을 써보라고 하셨다. 사실 평소에 타인에게는 엄청 무관심한 편이고, 나 자신에게도 그렇게 애정이 많지도 않고 관심이 많은 편이 아니라서 나도 모르는 나의 기억이나 행동, 습관, 취향 등을 주로 친구, 가족들을 통해 알게 되는 편이다. 그래서 '내가 이 책을 잘 집필 할 수 있을까?'라는 생각을 가장 먼저 했다. 나 자신이지만, 나 자신을 내가 잘 모르기 때문이다. 그래서 이 책을 집필하며 많은 친구, 가족들의 도움을 받았다. 기억 저편에 묻어뒀던 추억들을 야금야금 모아 차곡차곡 쌓으니 어느새 책 분량이 되었고, 자서전, 즉 나에 대한 이야기를 적을 수 있게 되었다.

이 책을 읽게 된 사람들은 제목을 보며 저게 뭐야? 라는 생각을 하며 들어 온 경우도 많을 텐데, 서문에서 책 제목의 의미를 미리 밝히고 들어가고자 한다. 일단 필자는 한국의 생태계와 야생동물들에 정말 관심이 많고, 그 중 한국의 텃새들에게 엄청 관심이 많아 여러 종류의 새를 관찰하고, 조사하는 것을 좋아한다. 그래서 책의 제목을 한국의 텃새 종류 중 한 가지인 '붉은 머리 오목눈이'로 짓게 되었다.

'붉은 머리 오목눈이'는 한국의 텃새로 '덤불 속 소란스런 수다쟁이' 라는 사랑스러운 별명을 갖고 있다. 이 새는 동작이 재빠르고 움직일 때 긴 꽁지를 좌우로 흔드는 버릇이 있고, 여러 마리가 무리 지어 휘파람 소리를 내며 질서 있게 움직이는 새인데, 나도 동작이 재빠르고, 몸동작을 많이 하는 습관이 있고, 바쁘게 움직이며 시끄럽게 돌아다니는 모습이 나와 닮은 새인 것 같아 제목으로 쓰게 되었다. 이 새를 보며 동질감을 느꼈고, 많은 사람들이 이 새를 알게 되었으면 좋겠다는 마음이 들어 이 책 제목을 붉은 머리

오목눈이로 짓게 되었다.(물론 아직까지는 이 책보다는 진짜 붉은 머리 오
목눈이 새가 더 유명하다.)

캉테와 볼트

우리 집에는 거북이가 2마리가 있다. 이름은 캉테와 볼트다. 다들 들으면 왜 볼트와 너트가 아니라 캉테와 볼트냐고 묻는데, 거북이들의 이름은 세계적인 육상선수 우사인 볼트의 볼트와 첼시의 미드필더 캉테의 캉테를 따서 만들어진 이름으로, 둘 다 엄청 빨라서 이름을 그렇게 지은 것이다. 우리 집 거북이들은 이제 2살인데, 두 살 치고는 엄청 크다.(사실 2살이라고 말하며 우리 집 거북이들을 보여주면 다들 사기당한 것 아니냐고 묻는다) 내 생각에는 일광욕도 자주 하고, 밥도 많이 먹고, 잠도 많이 자고, 운동도 열심히 해서 그렇게 큰 것 같다. 특히 밥은 원래 하루에 한 번 먹어야 하는데, 가족 중 한 명이 밥을 줘서 밥을 먹고 난 다음 다른 가족이 밥을 주려고 하면 밥을 안 먹은 척하면서 막 밥 달라고 물장구쳐서 적정량보다 밥을 많이 먹은 적이 많다. 이것만 들으면 우리 집 거북이들이 아무거나 잘 먹는 줄 아는데 우리 집 거북이들은 입맛이 까다롭다. 거북이들은 잡식성이라서 야채, 과일, 고기 등 여러 가지 음식을 먹을 수 있는데, 가끔씩 건강식으로 야채를 주면 안 먹는다. 그리고 먹이랑 간식도 물에 1시간동안 있었던 것은 안 먹는다. 그래서 별명이 북슐랭이다. 그리고 우리 집 거북이들은 사람도 가리고 낯도 엄청 많이 가리고 부끄럼도 많은 성격이다.(밥 줄 때는 아닌 것 같다. 모르는 사람이 밥을 주려고 해도 좋다고 물장구를 친다.) 우리 엄마는 거북이 먹이를 직접 준적은 거의 없는데(근데 카톡 프로필 사진은 우리 거북이들이다. 거북이들을 완전 사랑하신다.), 그래서인지 다른 가족들이 집에 들어오면 반기는데 엄마가 오면 아는 척도 안 한다.(엄마는 엄청 서운해하신다.) 그리고 부끄러움을 많이 타서 처음 1년 동안은 본인들이 일광욕 하는 모습을 우리 가족들한테 안 보여줬다. 다른 집 거북이들은 6개월 정도만 지나도 일광욕하는 모습을 보여준다던데! 근데 지금도 다른 친구들이 우리 집에 와서 거북이들이 일광욕하는 모습을 보려고 하면 물속으로 풍덩 들어가서 숨어버린다. 숨을 때마다 가족들한테만 일광욕하는 모습을 보여주는 것 같아서 사실 기분이 좋다. 그리고 우리 집 거북이들이 잠을 잘 때는 진짜 귀엽다. 평소에도 귀엽긴 한데 잠을 잘 때면 더 귀엽다. 잠을 잘 때 눈을 감고 자는데, 눈을 뜬 모습이랑 그닥 큰 차이가 없기 때문에 처음 1년 동안은 눈을 감고 자는 것을 몰랐다. 근데 팔을 딱 오므리고 자는 모습이 엄청 귀엽다. 일광욕을 하며 잘 때는 온몸을 쫙 펴고 자는데 그 모습도 엄청 귀엽다. 캉테와 볼트는 약간 다른 성향을 갖고 있으면서도 엄청 친하게 잘 지내는데, 캉테는 여기저기를 탐험하고, 일광욕 하면서 돌아다니는 것을 좋아하고, 볼트는 가만히 앉아서 밥 먹고 쉬는 것을 좋아한다. 거북이들을 산책시키려고 베란다에 풀어 놓으면 캉테는 막 돌아다니고 볼트는 먹을 것만 먹는다. 가끔 둘이 같이 일광욕을 할 때가 있는데, 볼트 옆에 캉테가 붙어 있을 때도 있고, 볼트 위에 캉테가 올라갈 때도 있는데(볼트 크기가 훨씬 크다.) 엄청 귀엽다. 아 성별을 말 안했는데 아직 두 살이라서 성별을 정확하게 알 수 없다. 거북이들은 성체가 되어야 성별을 알 수 있다. (근데 아마 둘 다 남자인 것 같다. 둘 다 꼬리가 길다.) 전에 겨울에 거북이 히터기가 고장이 나서 거북이들이 감기에 걸린 적이 있는데, 지금은 웃으면서 말할 수 있지만 그때는 진짜 거북이들이 죽는 줄 알고 엄청 걱정을 많이 했다. 캉테가 기침을 할 때마다 엄청 걱정 되고 놀랐었는데, 하루 만에 다 나았다. ㅎㅎ. 캉테는 집을 탈출한 전적도 있는데(어항을 탈출했었다!)

정말 동생이랑 울면서 하루 종일 찾았는데, 여행용 캐리어 위에 숨어 있었다. 캉테가 입에서 먼지를 뱉어낼 때 정말 엄청 속상했다. 그래도 본인도 집 나가면 고생인 걸 아는지 이제는 탈출을 안 한다. 대신 산책을 나갈 때면 엄청 돌아다닌다. 가끔씩 거실도 돌아다니는데 호기심이 많은 아이다. 괜히 다니면서 이것저것 건드려 보고 막 다 들어가 본다.

캥거루와 도마뱀

2019년 2월, 중학교 졸업 기념으로 엄마와 둘이 호주 여행을 다녀왔다. 학원 특강 시간표 때문에, 6박 8일 정도밖에 못 있었는데 정말 재미있었다. 뉴질랜드도 가고 싶었는데 학원 때문에 못 가서 뉴질랜드는 나중에 수능 끝나고 다시 가기로 엄마와 약속했었다.(물론 이제는 코로나 때문에 수능이 끝나도 못 갈 것 같다.ㅠㅠ). 호주에 도착하자마자 공항에서 바로 반팔티셔츠와 반바지로 갈아입었다. 한국과 계절이 정반대인 곳에 가니깐 느낌이 이상했다. 한국에 있는 아빠와 남동생에게 영상 통화를 했는데, 나랑 엄마는 반팔티를 입고 있었는데, 동생과 아빠는 긴 팔 후드와 맨투맨을 입고 있어서 호주에 왔다는 것이 확 실감 났었다. 호주에 가서 양떼 목장도 가고, 블루 마운틴도 가고, 광산 채굴장도 가고 미술관 등 여러 곳을 다녔는데 가장 기억에 남았던 것은 캥거루와 도마뱀이 있는 목장이었다. 사실 동물원을 되게 싫어하고 반대하는 입장인데, 그곳은 동물원처럼 되어있는 것이 아니라 캥거루들이 마음껏 뛰어놀 수 있는 곳이어서 좋았다. 캥거루들에게 먹이를 줄 수 있는데, 내가 먹이를 줄 때마다 캥거루들이 손으로 내 손을 붙잡고 받아먹어서 너무 사랑스러웠다. 투어리스트 분의 말에 따르면 주머니에 애기를 데리고 있는 캥거루는 정말 예민하고 별로 없어서 굉장히 운이 정말 좋지 않은 이상 보기 힘들고 본다면 며칠 동안 행운이 따른다는 미신이 있다고 말씀해 주셨는데, 나는 주머니에 애기를 데리고 있는 캥거루에게도 밥을 줬다! 그리고 그 목장에는 알파카와 양들도 완전 많았는데, 알파카를 실물로 보는 것은 처음이라 너무 신기했고, 양들 또한 귀여웠다. 염소도 완전 많았는데,,, 정말,, 내가 염소에게 그렇게 인기가 많을 줄은 몰랐다. 손에 먹이가 없는데도 염소들이 계속 나를 따라 다녔다. 엄마는 도와주지도 않고 재미있다고 동영상을 찍으셨는데,, 나중에 영상을 보니깐 너무 웃겼다...^^ 세상에 그런 경험은 처음이었다. 지구에서 가장 다양한 생태계가 존재하는 호주답게 다양한 종류의 도마뱀도 볼 수 있었는데, 내가 파충류를 엄청 좋아해서 볼 때 너무 좋았고, 나중에 수능이 끝나면 호주, 뉴질랜드를 다니면서 다양한 종류의 도마뱀들을 보고, 시간이 남으면 인도네시아 쪽까지 가서 코모도 도마뱀도 보고 싶다는 생각이 들었다. 시드니 오페라 하우스 앞에서 제트스키도 탔었는데 진짜 재밌었다. 시드니 오페라 하우스에 갔을 때 운이 좋아 관악단이 연주하는 모습도 보고, 엄청 큰 오르간을 연주하는 모습도 봤는데, 그 오르간이 세계에서 가장 큰 오르간이라고 한다. 그 오르간을 연주하는 모습이 진짜 너무 멋있었다. 옆에서 우리엄마는 내 남동생을 저런 오르간 연주자로 키워야겠다고 다짐하셨다. ㅎㅎ. 제트스키는 기대 없이 탔는데 진짜 엄청 재밌었다. 또한 제트스키를 타면서 오페라 하우스도 다시 볼 수 있어서 엄청 좋았다. 또한 모래사막에 가서 모래 썰매를 탔었는데, 여름에 모래 썰매라서 엄청 재미있었다.(호주는 남반구에 있어서 여름 날씨였다!). 한번 올라가는 것은 엄청 힘든데, 올라가면 내려오는 것이 엄청 재미있어서 5번 넘게 탔다!(근데 숙소 가자마자 쓰러졌다.) 아 호주에는 한국의 이마트? 비슷하게 whole mart와 coles라는 거대한 마트가 두 개 있는데 coles에 가서 일정 금액 이상을 사면 귀여운 야채 피규어를 준다. 호주에 가서 그 피규어를 모으려고 coles 마트를 엄청 많이 갔다. 근데 중복이 한 개 나와서 결국에는 5갠데 4종류 밖에 못 모아서 아쉬웠다.(그중 2개는 정지원쌤께 드렸다!- 선생님이랑 약간 닮은 캐릭터가 있었음)

전시회에 갔는데 테마가 호주에 원래 살던 원주민들인 앱오리지널들의 얘기였는데, 엄청 안타까웠고, 우리나라도 일제에게 식민 통치를 받았던 것이 떠올라 앱오리지널의 입장에 더욱 공감되어 전시회를 볼 수 있었던 것 같다. 배를 타고 바다를 다니면서 바다에 있는 돌고래도 봤는데, 아쿠아리움이 아닌 바다에 있는 돌고래를 본 것은 처음이어서 너무 신기했다. 호주에서 양털 이불 공장도 가서 양털 이불도 샀는데(패키지여행의 폐해다. 패키지여행이 편해서 좋긴 한데 수능 끝나고 갈 때는 그냥 내가 알아서 코스 짜서 가는 게 좋을 것 같다. 그래도 양털 이불은 지금도 잘 쓴다. 질은 좋다) 엄마가 100만 원 넘게 카드로 긁었는데 아빠가 그다음 날 연락 와서 블루 마운틴 입장료 카드로 긁었냐고 물어봐서 엄마랑 내가 빵 터졌다. 진짜 우리 아빠는 너무 웃긴 것 같다. 엄마와 둘이서 온 호주 여행이어서 더 재미있었던 것 같다. 아빠와 동생은 나랑 엄마랑 입맛도 정반대고 취향도 정 반대여서 같이 와도 좋았겠지만 나는 엄마랑 둘이 온 게 더 재미있었다. 엄마도 오랜만에 힐링을 하셔서 너무 좋았다고 하셨다. 그래도 나중에 수능 끝나고는 엄마랑 동생이랑 아빠랑 넷이서 해외여행을 가기로 약속했다(근데 코로나 때문에 못 갈 것 같다).

기억 한 조각

최근에 중학교를 같이 나온 친구들과 만나서 이야기를 했었는데, 나는 기억하지 못하지만 친구들이 기억하는 내 중학교 학창시절이 너무 웃기고 재미있어서 나중에도 기억으로 간직하고 싶어서 글로 쓴다. 친구들의 말에 의하면 중학교 3학년 때 나는 수학시간 마다 한 약을 데워서 먹었다고 한다.(도대체 왜지?) 사실 나는 기억이 가물가물하긴 한데, 확실한 것은 규리가 아버지께서 홈쇼핑에서 사신 한약 데우는 기계를 아버지 몰래 학교에 갖고 와서 나한테 쓰라고 줬었던 것이다. 정말... 중학교 때 나는 도대체 어떤 삶을 살았던 건지 약간 의문이 든다. 그리고 중3 때 친구들이랑 각자 재료를 맡아 와서 대야에 빙수를 만들어 먹었었는데, 엄청 맛있었고, 기억에 남는다. 집에서 만들어 먹었으면 절대 그렇게 맛있었지 않았을 텐데, 학교에서 만들어서 먹었고, 친구들과 함께 먹어서 더 맛있었던 것 같다. 근데 다시 만들어 먹으라고 하면 못 할 것 같다. 시간이 지나서 미화가 되어서 그렇지, 사실 준비물 갖고 갈 때랑 뒤처리하기가 힘들었다. 중학교 3학년 때 나는 맨날 영아라는 친구랑 같이 하교를 했었는데, 우리는 5번 중에 3번 정도는 걸어서 하교를 했었다! 지금 생각하면 대단한 것 같다. 소선여중에서 메트로팔레스 쪽까지 그냥 걸어서 하교했었다. 그 이유는 바로 오성중 쪽에 있는 명랑 핫도그를 먹기 위해서다. 우리 학교 앞에 있었던 핫도그 집은 문을 닫아서 우리는 간식을 먹고 싶은 날에는 집이나 학원까지 걸어갔었다. 처음부터 그랬던 것은 아닌데, 그냥 "명랑핫도그 먹으러 갈래?" "그래! 그러면 그냥 걸어가서 사 먹고 걸어가다 힘들면 버스 타자!" 이런 식으로 말을 하고 갔었는데, 생각보다 별로 안 힘들고 간식도 사 먹는 재미도 있었고, 약간 운동도 하는 느낌이어서 자주 걸어갔었다. 맨날 명랑핫도그만 먹은 것은 아니고, 동원초등학교 근처에 있는 깨비 분식점도 자주 갔었다! 이 글을 쓰면서 거리가 얼마나 되는지 궁금해서 검색해봤는데, 계단을 제외하고 3km였다! 정말 지금 다시 시키면 절대 못 할 것 같은데, 그때는 재밌었고, 좋아서 그랬던 것 같다. 중3 말, 고등학교 입시가 거의 끝난 시점에서 우리는 진짜 수능 끝난 고3처럼 살았었다... 우리 학교 밑에는 과일 가게가 있었는데, 친구들과 돈을 조금씩 모아서 거기서 귤을 한 박스 사서 교실로 갖고 가서 교실에 누워서 바닥에 종이박스를 깔고 그 위에 담요를 덮고 누워서 드라마랑 영화를 보면서 귤을 까먹었었다. 우리 반 다 같이 드라마를 몰아서 보면서 거기 나오는 악역을 욕하고, 같이 영화를 본 게 엄청 재미있었다. 사실 중학교 3학년 때 우리 반이 유독 단합이 잘되고 착한 친구들이 많았어서 가능했었던 일 같다. 지금 생각해보니깐 완전 추억이다. 지금 학창 시절도 나름대로 엄청 재미있는데, 사실 고등학생이다 보니깐 입시 스트레스도 있고, 중학교 때만큼 시간을 막 버리면서 재미있게 놀지는 못하는 점이 아쉽다.

나의 보물섬

2021. 12. 20.

수능이 끝난 나는 카메라를 사고 배낭을 메고 굴업도로 갔다. 굴업도는 인천 앞바다의 작은 섬이다. 여러 굴곡진 역사를 갖고 있는 굴업도는 우리나라 유인도 가운데 원형이 가장 잘 보존된 섬으로 꼽히고, 최근 섬의 일부가 천연기념물로 지정이 되고, 거센 조류와 바람이 빚어낸 멋진 해안지형이 있는 섬이다. 굴업도는 많은 새들이 다니는 섬이고 우리나라의 멋진 생태계를 잘 볼 수 있는 섬이다. 대부도에서 덕적도로, 덕적도에서 또 한 번 배를 타고 굴업도에 도착하였다. 굴업도에 도착한 후 미리 예약해둔 이장님 댁에서 밥을 먹고 예약해둔[1] 숙소에 가서 잠깐 쉬었다. 한숨 자니 몸이 개운해진 것 같아 해가 지기 전에 개머리 언덕 쪽으로 산책을 갔다. 개머리 언덕에서 해가 지는 것을 보니 너무 예뻤다. 그리고 내려가는 길에 사슴 떼도 봤다! 동물원이 아닌 자연생태계에서 노닐고 있는 사슴을 보니 신기하였고, 저런 동물을 군이 동물원에 가둬야 하나 하는 생각이 들었다.

2021. 12. 21.

오늘은 왕은점표범나비와 애기뿔소똥구리를 봤다. 둘 다 태어나서 처음 보는 거였는데 너무 멋있어서 사진을 왕창 찍었다. 특히 왕은점표범나비는 1년에 전국에서 10마리 정도밖에 채집할 수 없는데, 이곳에서는 벌써 2마리나 봤다! 너무 신기해서 자꾸 사진을 찍고,

---

1) 굴업도에는 7가구가 살고 있는데, 7가구 모두 민박을 운영하신다.

숙소 주인 할머니께 보여드리니 이곳에서는 하루에 300마리 정도는 볼 수 있다고 말씀해 주셨다. 내일은 할머니께서 추천해주신 빨간 모래해변에 가봐야겠다.

2021. 12. 22.

빨간 모래 해변에 갔다. 굴업도는 지형적 이유로 외해의 모래 유입이 차단되어있고, 적색계열의 모래가 많아 다른 곳과는 다르게 해변의 모래가 붉다. 붉은 모래 해변에 직접 가서 거닐어 보니 모래가 너무 예뻤다.

2021. 12. 23.

떠나기 전에 마지막으로 개머리 능선에 갔다. 가는 길에 양지꽃, 병아리 난초 등 엄청 많은 식물을 봤었다. 첫날에는 곤충들을 본다고 식물들을 똑바로 못봤어서, 엄청 여유롭게 식물들을 봤다. 그리고 꽃사슴을 또 만났다. 진짜 너무 좋은 것 같다. 생태계를 이렇게 가까이서 관찰하는 게 너무 좋았다. 식물들을 관찰하고, 꼬끼리 바위가 있는 곳에 가서 멋진 인증사진도 찍었다. 오전 11시 40분, 아쉬움과 추억을 남겨두고 출항하는 배를 타기 위해 선착장으로 갔다. 문갑도를 경유하고, 덕적도까지 한 시간 동안 배를 타고 가서 다시 또 배를 타고 육지로 돌아왔었다. 왔다 갔다 하기가 약간 힘들긴 하지만 힐링을 하기에는 너무 좋은 곳이라 앞으로 인생을 살면서 쉬고 싶을 때에는 굴업도를 찾을 것 같다는 생각이 들었다. 서해의 아름다운 보물섬 굴업도가 앞으로도 오염되지 않았으면 좋겠다.

Epilogue

책을 쓰면서 가장 많이 느꼈던 감정은 '행복'이었다. 빛바랜 추억들을 꺼내 보고, 나의 미래를 그려보면서 정말 기분이 좋았고, 동기부여가 되어 주었다. 책을 집필하면서 나는 나에 대한 애정이 깊어졌고, 미래 편을 집필하면서 진로의 방향성을 잡을 수 있게 되었다. 또한, 나 자신에게 관심을 갖는 계기가 된 것 같다.

18살, 아직 어린 나이지만, 나는 나름대로 열심히 살아왔다고 생각한다. 아직 내 인생의 4분의 1도 경험하지 못한 어린 나이지만, 짧은 이생을 한번 되돌아보며 스스로 더 성장할 수 있는 계기를 만든 것 같다. 먼지 쌓인 추억들을 꺼내보고, 나의 미래를 그려보니 자신감도 생겼고, 책을 집필하면서 행복했던 기억이 떠올라 내 기분도 저절로 좋아졌다. 고된 고등학교 생활 중에 시간을 내어 나에 대한 글쓰기를 하면서 휴식처를 찾은 것 같은 기분도 들었고, 글을 쓸 때마다 행복했다.

내가 이 글을 쓰며 행복했던 것처럼 이 글을 읽는 사람 모두 행복했으면 좋겠다.

마지막으로, 책을 집필하는 데 많은 도움을 준 내 친구들, 우리 가족들에게 감사를 표한다.

우 리 들 의   이 야 기

루트 18, 끝나지 않은 이름

마라톤

송의찬

08

송의찬

나이	18세
학교	동문고 2학년

Prologue

이 글을 쓰면서 처음에는 막막하고 주제에 대해 고민도 했지만, 점점 나의 과거는 떠올리고 그때는 어땠는지 또 앞으로 다가올 나의 미래는 어떠할까 생각하니 글이 잘 써졌다.

한편으로는 기억하기 싫은 지난날들도 있고 그땐 참 즐겁고 좋았던 기억도 있었다는 것을 알게 되었다.

또 한편으로는 꿈꾸고 바라던 내 미래를 상상하니 글을 쓰는 동안에 힐링이 되는 좋은 시간이었다.

내용은 어린 시절 내가 겪은 특별한 경험과 체험으로 반성과 교훈을 주는 내용으로 엮어 보았다.

짧은 인생을 그 누구보다 스펙터클 하게 살고 험난하게 경험한 나로서 이 글을 읽을 여러분들도 간접경험을 할 수 있을 것이다.

또 이 글을 다 읽고 한 인간을 이해 할 수 있을 것이고 한편으로는 나를 궁금해할 것이라 생각한다.

자 여러분들도 흥미를 느끼고 내 이야기를 들어주길 바란다.

별5개

　내 신세를 진 오랜 지인이 감사에 뜻으로 저녁식사를 하자며 미슐랭 5스타 식당으로 나를 초대했다. 드디어 오늘 밥을 먹으러 가게 되었다. 그런 곳에 가다니 마음이 너무 떨려서 일단 정장으로 멋을 내고 머리까지 풀 세팅을 하고 식당으로 향했다. 원으로 된 식탁에 앉아 지인과 식사를 주문했다. 지인은 코스 요리로 나오니 기다리면서 즐기자고 했다. 클래식 음악과 테이블마다 멋진 꽃 장식은 분위기 고조 시켰다. 첫 번째 음식이 나왔다. 초록색의 소스에 흰 덩어리가 올려져 있어서 "엄청 맛있겠는걸?" 생각하고 숟가락을 들어 한입 먹어 보았다. 풀 맛? 뭐야 나는 그때부터 내가 지인에게 잘못한 게 있나 생각했다. 그리고 두 번째 코스 요리가 나왔다. 이번에는 참치 요리가 나왔다. "오 그래도 나는 참치 좋아하니까 참치는 괜찮겠네!"라고 하고 참치를 입에 넣는 순간 태평양 바다를 마시는 느낌이었다. 양이 적은 것이 흠이었다. 쓰린 속을 달래는데 이번에 소고기 메인 요리가 나왔다. "이야 이 순간을 위해 지금까지 왔구나"라고 생각하고 고기를 썰어서 입에 넣었다. 그때 문득 많은 생각이 들었다. 소도 벌크업을 하는가 하는 생각이 들면서 질기고, 질겼다. 나는 중간에 먹는 걸 포기하고 지인께는 먼저 간다고 사과하고 그 식당을 나왔다. 실망감과 기대에 못 미치는 음식을 생각하며 내가 오늘 미슐랭에 쓴 돈과 시간이 아까웠다. 치킨이 몇 마리야, 맛도 없고 질긴 소고기... 멀리 국밥집이 보였다. 1초에 망설임도 없이 국밥집으로 들어가 국밥을 한 그릇 먹었다. 정말로 맛있었다. 여기가 바로 나의 진짜 미슐랭 5스타 집이었다.

피트니스 대회

　회사를 다니면 대회를 준비하는 건 쉽지 않았지만 식단 조절, 유산
소, 웨이트트레이닝, 새벽 5시에 일어나 공복 유산소를 한 뒤 웃으며
다시 출근하는 생활을 1년을 했다.매일 칼로리 계산 닭가슴살만 먹
고 머슬 마니아 상반기 대회 피트니스를 준비해서 출전한 피트니스
대회에서 1등을 했고 그랑프리 반열에 오른 나는 너무나 감사하게도
수상하게 되었다. 내 인생에서 최고의 날들이라고 생각한다. 운동이
점점 습관이 되고 자신감을 얻게 되면서 외적으로도, 내적으로도 성
장을 할 수 있었다. 무엇보다 남자로서 인간으로서도 건강하고 성숙
한 사람으로 많은 변화를 가져다주었다 많은 사람들에게 건강한 에
너지를 전달하는 세계적인 전문 트레이너로 활동하며 건강을 선물
하고 싶다.

접합수술

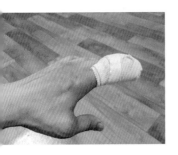

내가 초등학교 2학년 때 일이었다. 어릴 적에 엄마가 과일을 깎기 위해서 꺼내놓은 과도를 호기심에 가지고 놀다가 실수로 삐끗하여서 내 손가락의 신경이 잘리게 되었다. 그 당시 어머니는 볼일을 보러 간 상태였고 집에는 할머니밖에 계시지 않았다. 할머니께서는 너무 놀라 하시며 거의 반 절단된 내 손가락 사이에 후x딘을 짜시더니 일단 반 절단된 내 손가락을 지혈하셨다. 잠시 뒤 어머니께서 오셔서 나를 등에 업은 상태로 병원으로 달리셨다. 처음에는 병원을 찾았지만 전신 마취를 해야 한다 길래 전신 마취라는 게 너무나도 두려웠고 생떼를 부리면 절대 수술 안 받는다고 했다. 결국 어머니는 마지못해 나를 다시 업고 큰 병원으로 향했다. 당시에 전신마취가 무엇인지 몰랐지만 어머니는 내게 더 해롭지 않은 병원을 선택하신 것 같다. 바로 병원에 도착해서 나는 무서웠지만 그래도 기쁜 마음으로 수술실로 향했다. 의사선생님은 내 손가락에 마취주사를 놓으신 길래 '아 이제 수술하겠다.' 싶었는데 마취주사를 한 대 더 놓으셨다. 내가 움직인다고 했다. 그렇게 나는 부분마취 주사를 6대를 더 맞고 수술을 시작하게 되었다. 그냥 전신마취를 할 걸.. 아무리 부분 마취라지만 마취 주사를 6대나 맞으면 잠이 안 올 수가 없었다. 그래서 나는 깜박 잠이 들었고 1시간에 걸친 수술 끝에 결국 마무리되었다. 지금도 선명한 왼손에 흉터를 보면 위험한 도구를 사용할 때는 주의하고 어른들께 부탁드려야 한다. 나에게 있어서 너무 아픈 기억 중 하나로도 지금 기억된다.

교통사고

내가 7살 때 일이다. 오랜만에 가족 여행을 가는 날이었다. 가족들도 오랜만에 가는 여행인지라 준비도 열심히 했다 울진으로 축제도 보고 바닷길도 가보기로 하고 출발했다. 짐을 모두 차에 싣고 출발했다. 대구를 벗어나고 고속도로를 타고 가는 중이였다. 가다가 중간쯤 엄마께서 "여기 전망도 좋고 또 전망대도 있으니 잠시 들렀다 가자" 라고 했다. 가족들이 모두 동의하고 차에서 내려 전망대에서 망원경으로 멀리 있는 풍경도 보고 오랫동안 와서 그런지 배도 고파서 컵라면도 먹었다. 잠시 동안 쉬었다가 다시 차에 타고 출발했다. 그렇게 고속도로를 타고 있었는데 앞에 가던 차량이 갑자기 급브레이크를 밟는 바람에 아버지는 미처 피하시지 못했고 앞좌석 사이에 앉아 있던 나는 머리로 유리창을 깨고 밖으로 나뒹굴었다. 사실 충돌을 심하게 해서 그런지 기억이 잘 나지는 않지만 한 가지 기억하는 것은 내가 만약에 고속도로로 떨어지지 않았더라면 더 많이 다쳤을 거라고 느끼는 게 그 뒤로 연쇄 추돌이 2번 정도 더 있었다. 한 10분 뒤쯤이었을까 점차 희미했던 정신이 돌아오기 시작했고 엄마, 아버지는 나를 흔들면서 깨우고 있었다. 내 눈앞에는 응급차가 오고 있었고 그때 기억이 잠깐씩 끊어졌다 생각났다 했다. 그러고는 몇 시간 이 지난지 며칠이 지났는지 모르겠다. 하지만 눈을 다시 떴을 때 병원 침대에 누워 있었고 온 가족들이 위에서 나를 내려다보고 있었다. 내 머리에는 붕대가 칭칭 감겨져 있었고 아직 옷이나 머리카락 사이에 남아 있던 유리 조각들은 나를 괴롭혔다. 이마를 20바늘 가까이 꿰맸다고 했다.

그렇게 병원에서 한 달 동안 입원했었고 여러 번의 치료 끝에 퇴원하게 되었다. 퇴원 후 부모님께서는 나에게 맛있는 음식들을 사주시면서 내가 병원에 누워있었던 동안 있었던 일들과 엄마, 아빠, 형의 상태 등을 말씀해 주셨던 걸로 기억한다. 지금 생각해도 정말로 아찔한 경험이었고 다시는 겪고 싶지 않은 일이었다. 벌써 12년이 지났지만 지금도 이마에는 큰 흉터가 있다. 요즘도 아버지께 흉터가 있는 이마를 보여주고 "아버지 운전! 안전하게 하고 다니세요"라고 가끔 괴롭힌다. 사고를 겪고 알았지만 항상 차를 탈 때에는 안전벨트를 매고 조심히 운전하면서 타야 한다고 생각한다. 이 글을 읽으시는 분도 항상 안전 운전을 하면서 안전 규칙을 지켜 사고 없는 세상이 되었으면한다.

Epilogue

이 책을 다 쓰고 난 뒤 여러 가지 복잡한 감정들이 뒤섞였다. 상상만 하던 내 미래 모습과 또 후회만이 많았던 내 과거 모습을 상상하니 여러 감정에 휩싸일 수밖에 없었다. 이렇게 책 쓰는 활동을 통해 처음에는 귀찮을 수 있지만 다 쓰고 나면 나의 인생을 돌아볼 수도 있는 계기가 되기도 한다. 나는 내 인생의 많은 것들을 뒤돌아봤는데 그중 한 개는 성급함이다. 항상 누구보다 친구가 많고 싶었고 또 누구보다 잘나고 싶었고 잘생겨지고 싶었고 좋아하는 애랑도 빨리 사귀고 싶었다. 하지만 이런 내 성급함은 항상 나를 비참하게 만들고 항상 후회하게 만들었다 이 책을 읽었던 당신도 후회되는 일이 있을 거라고 믿는다. 그럼 당신도 책을 쓰면서 왜 후회하게 되었는지 생각하고 또 앞으로는 어떻게 살아야 할지 생각하길 바라며 이 책을 마친다.

우리들의 이야기

루트 18, 끝나지 않을

내가
가는 길에
레드카펫을

나영서

09

나영서

비단 羅, 빛날 煐, 펼 舒
빛을 멀리 펼치라는 뜻의 이름을
가진 나, 나영서.
2003년 5월 27일에 대구에서
첫 울음을 터뜨림.

아직 짧은 가방끈.
– 금강유치원(졸)
– 효목초등학교(졸)
– 소선여자중학교(졸)
– 동문고등학교(재)

'완벽한 수업 태도로 항상 선생님들의 칭찬을 받는, 이과반이지만 여자만 20명 모여 있는 동문 여고 2학년 9반'의 실장.
'확고한 꿈을 가지고 열정의 땀방울을 흘리며 심화된 실험과 활동들을 하는 동문 최고 생명과학 동아리 비오캠'의 부장.
혼자 있으면 엉뚱한 상상을 많이 하는 몽상가다.
영화 '트루먼 쇼'처럼 사실은 나만 평범한 사람이고 내가 사는 집, 거리, 학원, 학교, 독서실은 다 세트장이어서 내 하루하루가 모두의 TV에서 방송되는 건 아닐지. 내가 죽을 때쯤에야 "나영서씨, 사실 지금까지 우린 '나영서 프로젝트 7번'을 촬영하고 있었어요. 당신은 정말 훌륭한 등장인물이었습니다. 이 프로젝트는 인류 역사에 길이길이 남기겠습니다. 감사합니다." 하는 건 아닌지 하는 등의 엉뚱한 상상을 많이 한다.

꼼꼼하고 완벽을 추구하는 성격이다. 완벽하게 못 할 것 같으면 아예 안 하고 미뤄버린다거나 시작하면 쓸데없이 줄 하나, 열 하나 맞추고 싶은 강박에 답답한 적도 많다. 미루는 습관은 고칠 필요가 크지만 완벽하게 성공하고 싶어 하는 것은 내 성격의 강점이라 생각하고 사랑하는 중이다. 남들보다 더 꼼꼼하고 정확함을 추구하는 거니까. 이미 눈치챘을 수도 있지만 조금 유난스럽게도 'Love myself'를 몸소 실천하며 살고 있다. 이 세상에서 나만큼 나를 사랑하는 사람은 없다는 마인드로 각박한 세상에 두 발 붙이고 꿋꿋이 살아가는 중이다. 그래서 그런지 남들의 시선을 크게 의식하지 않아 보인다는 이야기를 자주 듣는다. 요즘 유행하는 mbti 검사 결과는 ENTJ. 옷은 싼 거 많이 사서 입는 것보다 비싼 거 몇 개를 오래 입는 것을 선호한다. 향수나 바디 스프레이, 립밤, 핸드크림 등 향이 나는 것을 좋아한다. 그래서 한때 조향사의 꿈을 품었던 적도 있다. 특히 가장 좋아하는 향수인 샤넬 넘버 5는 용돈을 모아 면세점에서 큰마음 먹고 구매한 후 아주 특별한 날에만 사용해서 산 지 1년이 넘도록 반의반의 반도 못 썼다.

Prologue

나는 이번 자서전을 쓰면서, 내가 걸어온 길을 되돌아보고 앞으로 걸을 길을 닦고자 한다.

그러기 위해 바쁜 현실에 묻혀 굳이 떠올려보지 않았던 추억 조각들을 꺼내 엮어볼 것이다.

그런 추억 조각으로 엮은 것이 손수건이 될지 인형이 될지 소파 커버가 될지 카펫이 될지는 필자도 아직 잘 모르겠다.

원래 삶이 그런 게 아닐까 완전히 끝이 나기 전까진 아무것도 모르는 것이다.

조금 막연하고, 나의 너무 깊은 내면까지의 탐험이 겁이 나긴 하지만 시작해보겠다.

길 잃지 마시고 잘 따라오시라.

어쨌든 돌고 돌아 나옇서

"아 웃겨 이 사진 좀 봐."

얼마 전 봄맞이 방 청소를 하다가 어렸을 때의 사진이 담긴 앨범을 발견했다. 어렸을 적 추억이 담긴 앨범을 발견하면 그날 방 청소는 이미 끝난 것이나 다름이 없다. 역시 나도 앨범을 발견하자마자 자리를 잡고 털썩 앉아 사진들을 구경하기 시작했다. 다른 친구들은 어색하게 서 있는데, 그 옆에서 나는 엉덩이를 쭉 내밀고 모델 포즈 같은 요상한 자세로 브이를 하고 있었다. 그 사진만 그런 줄 알았더니, 나는 모든 사진에 어마 무시한 존재감을 드러내고 있었다.

가령 옆에 있는 친구에게 뽀뽀를 하고 있다거나, 과도하게 어깨동무를 하고 있다거나 하면서 말이다. 당시엔 자각이 없었지만 이제 와서 생각해보면 나는 어렸을 때부터 하고 싶은 건 늘 도전하는 활기차고 말 많은 어린이였다. 내가 하고 싶어 하는 것들을 모두 적극적으로 지지해 주신 부모님의 영향도 컸다.

　대만, 일본, 태국, 필리핀 등등 해외여행도 자주 가 보면서 여러 경험을 해 봤고, 밸리댄스를 좋아해서 대회도 나가 봤고, 태권도도 승급 심사를 치르며 품띠까지 땄었다. 초등학교 때는 대구 육상 체전에 나가서 4위까지도 해보고 초등학교 정구부 코치님께 스카우트를 받아 학교 정구부로 3년 정도 활동했다. 그 외에도 탁구, 복싱, 배구, 수영, 플라잉디스크, 통기타, 바이올린, 피아노, 미술 등등 안 해본 것이 없을 만큼 많은 경험을 해 보았다. 어렸을 때 많은 경험을 해 보니, 그만큼 세상을 보는 시야도 전보다 넓어지고 긍정적인 마음가짐을 가질 수 있었다. 그렇지만 늘 나를 따라다니는 스트레스는 '나는 꾸준하지 못하다'라는 자괴감이었다. 많은 활동들을 하면서 모두 평균 이상의 능력을 가지고 있다고 칭찬받았지만 나는 한 활동을 꾸준히 오래 하는 것이 힘들었다. 어떻게 보면 관심사가 다양하다고도 할 수 있고, 또 어떻게 보면 잘 질린다는 것이다. 그러니까 열심히 하다가도 금방 싫증이 나서 그만뒀었던 것 같다. 지금 생각해 보면 뭐든 하나라도 꾸준히 했으면 좋았을 걸 하는 후회가 남는다. 왜 그런 말이 있지 않은가. 한 우물만 깊게 파는 사람이 성공한다고. 나는 얕은 우물만 많이 팠지 정작 물이 솟구칠 만한 깊은 우물은 파지 못한 것 같아서 늘 스트레스를 받았다. 그렇지만 이제 생각이 바뀌었다. 나는 내가 평생 동안 연마할 재능의 가능성을 최대한 열어둔 것이다. 남들만큼 깊진 못할지라도 나에겐 여러 개의 우물이 있다. 그래서 난 내가 판 우물에 빠져 죽을 일도, 내가 가보지 못한 길에 대한 아쉬움도 적을 것이다. 늘 떠올리면 즐겁지만 한편으론 스트레스 받았던 나의 어렸을 때의 기억들. 이제는 그런 나의 아쉬운 기억까지도 사랑할 수 있는 내가 되었다.

탄내 나는 고구마를 사랑해

17년간 많은 고구마를 먹어봤다. 겨우내 맛있다는 호박 고구마 한 박스를 먹기도 했고, 엄마가 집에서 쪄 주신 따끈한 고구마에 치즈를 올려 먹기도 했다. 추운 겨울에 창문을 열어놓고 전기장판 킨 이불 안에 들어가 있으면 마치 보온병 안에 들어간 것 같지 않은가? 그런 보온병 안에서 먹는 꿀 같은 물고구마도 최고였다. 아직 겨울이 오기엔 좀 남은 선선한 가을에 만나는 길거리 군고구마는 또 어떻고. 모두 잊지 못할 고구마들이다. 근데 정작 그때의 고구마 맛은 정확히 생각나지 않는다. 왜냐하면 내가 기억하는 것은 그때의 분위기와 추억이기 때문이다. 그중에서도 탄내 나는 고구마의 추억은 늘 내 심장

할아버지 댁에서 찍은 풍경

시골집에서 키우는 깜시

한 컷에 저장되어 있다. 플레이 버튼을 누르면 난 언제든 다시 그때로 돌아갈 수 있다. 바람이 불진 않았지만 공기가 찬 날이었다. 할아버지 댁은 울산인데 농사를 짓는 밭 옆에 있는 시골집과 평소 생활하는 아파트 집이 있다. 고구마를 먹은 건 시골집이었다. 그때 난 할아버지가 밭에서 농사지으시는 걸 돕는 척 땅에 쭈그려 앉아 흙을 만지며 놀고 있었다. 다리도 아프고 벌레가 나올까 찝찝했지만 왠지 손에서 나는 흙냄새가 너무 좋아 벅찼던 기억이 난다. 그러다 할아버지가 태우실 게 있어서 밭에 조그맣게 불을 피웠는데 그러면서 포일에 고구마를 싸서 불에 직접 구워주셨다. 우리 아빠 막둥이시고 나도 일찍 태어난 게 아니라 나는 사촌 언니, 오빠들과도 할아버지와도 나이 차이가 아주 많이 난다. 그래서 할아버지 댁에 갈 때마다 항상 약간의 어색함이 있었다. 하지만 탄내 나는 고구마 덕에 그런 생각이 없어졌다. 사실은 고구마에서 탄내가 났는지도 잘 기억나지 않는다. 어렴풋이 군데군데가 새까만 고구마를 먹던 그때가 맴돌기만 한다. 그럼에도 탄내 나는 고구마는 나의 소중한 추억이다.

안녕과 영원한 회귀

　나는 지금 먼 미래에 있을 나의 죽음을 떠올려 보고 있다. 셀 수 없는 수억 년의 우주의 역사에서 찰나의 순간이었을 내 삶에, 너무나도 감사한 인연이 많았다. 아직 어디가 아프거나 병에 걸린 건 아니다. 우선 나는 할머니가 되어서 찍은 사진을 영정사진으로 써야한다는 고정관념을 따르고 싶지 않다. 나는 내가 가장 예뻤던 사진을 죽기 전에 미리 골라놓고 싶다. 그리고 그 사진들을 전시할 것이다. 영정 사진이 꼭 하나여야 하는 법이 있나? 마치 내가 아이돌이 된 것처럼 잘 나온 사진들을 전시하고 싶다. 사실 그런 나의 장례식에서 누군가는 나를 그리워하며 식음 전폐하며 울어줬음 하는 마음도 들고, 또 한 편으로는 모두 웃으며 나에 대한 기억을 회자하며 즐거운 분위기에서 보내줬으면 하는 마음이 들기도 한다. 이런 모순되는 감정은 인간이라면 모두 가지고 있겠지.

"너네 그때 기억나? 중학교 1학년 때 운동장에 나가서 발야구 할 때, 나영서가 날아오는 공 받다가 뒤로 발라당 넘어져서 한동안 별명이 '발야구 발라당'이었잖아 아 정말 너무 웃겼어." "왜 그것도 있잖아 2학년 때 아침 자습시간 반에서 나영서가 너무 심취해서 대걸레로 물걸레질하다가 미끄러워서 넘어졌잖아 그때도 정말 웃겼는데." "말도 마, 고등학교 1학년 때 기억 안 나? 수학 시간에 주제 발표할 때 무리수에 대해서 설명한다고 무리수 개그 던져서 선생님이랑 애들 다 빵 터졌잖아' '아 맞아 기억나. "여러분 서울에서 가장 귀엽게 바람이 부는 곳이 어딘지 아십니까? 바로 '분당' 입니다. 네. 이건 무리수 개그였고요. 다음으로 제가 설명할 건 무리수의 역사입니다." 이랬잖아. 아 아직도 웃기다.' 이렇게 내가 사랑하는 사람들이 나에 대해 기억해주면서, 재밌었던 에피소드를 공유하면서 웃었으면 좋겠다. 우리가 진정한 인간관계를 맺고, 결혼을 하고, 아이를 낳는 이유가 뭘까? 여러 가지 사회적인 이유들과 개인적인 이유들이 있겠지만 나는 그 이유들 중 하나가 세상이 나를 기억해줬으면 하는 욕구에서부터 비롯된다고 생각한다. 전 세계적으로 인기가 많은 유명한 가수나 배우들은 누군가의 마음속 한 부분에 넓고 아늑한 집을 한 채 사서 영원히 살 수 있겠지만, 보통 평범한 사람들 가족이나 친구의 마음속에서나 집을 한 채 살 수 있고, 그다지 깊지 않은 관계의 지인들의 마음속에는 월세 혹은 전세로 세를 살고 있다. 그래서 세를 내지 못하고 체불되면 금방 방을 빼야한다. 그렇게 이 세상에서 금방 잊혀 진다. 평소에 이런 생각을 하면서 과연 나는 내가 없는 세상에서 많은 사람들이 날 기억해주길 바라는 걸까? 하고 고민해 보았다. 내가 너무 당연하게 존재하고 있는 이 세상에서 순식간에 내가 사라져 버린다면, 내가 없어도 세상이 평소처럼 굴러간다면, 그래서 결국 아무도 날 기억하지 못 한다면 나만 빠져있는 퍼즐을 보는 것처럼 허하겠지만. 내가 이 세상에서 사라지면 그런 고민은 할 수 없으니까 미리 사서 걱정할 필요는 없다. 죽음을 늘 염두에 두되 그것의 이유가 현재의 내 삶을 더욱 사랑하고 집중하기  위함임을 잊지 말자. 오늘날 죽음에 관해 자주 생각하는 사람을 부정적이고 비관적인 사람이라고 생각하는 사회적 분위기가 만연한 것 같다. 하지만 역사 속 진정한 성자들은 늘 자신의 죽음을 인식하고 죽음의 본질에 대해 탐구하며 진리를 깨우쳤다.

　현대 사회에서도 죽음에 대해 쉬쉬하며 함구하지 말고, 오히려 밝고 당연하게 말할 수 있는 분위기가 도래했으면 좋겠다.

Epilogue

인생이란 뒤로 걷는 꽃길이라는 이야기를 들은 기억이 있다.

걸을 때는 안 보이지만 이미 지난 추억을 회상해보면 모두 꽃길이었다는 뜻이다. 자서전을 쓰면서 오랜만에 가족과 어릴 적 사진을 보며 추억을 얘기해보기도 하고 나 스스로 방에서 과거를 떠올려보니 힘든 추억도 있지만 결국 꽃길이었다. 그러니까 지금 내가 걷고 있는 길이 아무리 가시밭길 같더라도 주위에 꽃향기가 만연하겠지.

그렇기에 이 글을 읽는 여러분의 인생도 결국은 꽃길일 것이다.

건물을 삼킬 듯 일렁이는 파도도 저어 멀리서 보면 수평선처럼 고요하듯이, 우리의 인생이 아무리 요동쳐도 조금만 객관성을 갖고 멀리서 지켜보면 잔잔할 것이다. 항상 스스로를 믿고 사랑해달라.

물론 이건 나에게 하는 말이기도 하다.

앞서 서문에서 내가 엮은 추억 조각이 무엇이 될지 예상이 안 간다고 언급했었다. 자서전을 다 쓰고 나니 무엇이 된 지 알 수 있었다.

이미 제목을 보고 바로 눈치챈 사람도 있겠다.

바로 레드카펫이다. 난 내가 겪어온 인생과 그 사이의 추억들이, 사랑하는 사람들과 내가 꿈꾸는 아름다운 미래의 조각들이 레드카펫이 되어 내가 가는 길마다 함께해줄 것이라고 생각한다.

그래서 내가 어떤 상황이든 어떤 처지이든 나는 '나영서'이기 때문에 주눅 들거나 지레 겁먹어 도망치지 않고 당당히 직면할 수 있다. 내 발밑엔 든든한 레드카펫이 있으니까.

마지막으로 나영서라는 사람을 이렇게 올곧고 사랑스럽게 키워주신 존경하는 부모님께 감사 인사를 드리고 싶다.

엄마! 아빠! 18살의 나는 엄마, 아빠의 사랑을 듬뿍 받아 이렇게 자랐어요. 늘 감사하고 사랑해요. 제 인생의 레드카펫이 되어주셔서 감사합니다. 저도 멋진 사람이 되어 엄마, 아빠의 레드카펫이 될게요.

우리들의 이야기

루트 18, 끝나지 않을 이름

스피리아처럼
살아보기

안홍경

10

안홍경

安 弘 瓊
편안 안
넓을 홍
구슬 경

#20030624
#동문고 2학년
#155.1cm
#제일 흔한 A형
(성격도 A형)

소심한 성격이지만 긍정적이다.
집에서 생활하는 것(특히 잠자기)을 정말!! 좋아 한다.
취향이 일명 '소나무 취향'으로,
취향이 잘 바뀌지 않는다.
하지만 새로운 것을 도전하는 것을 흥미롭게 생각 한다.
제약회사 연구원이 되어
신약을 개발하는 것이 가장 큰 목표이다.
후에 내가 개발한 약이 시중에 널리 퍼진다면,
그것만큼 뿌듯한 일은 없을 것 같다.

Prologue

저는 고2 국어시간에 전교생이 책 쓰기를 하게 되어서 자서전을 쓰게 되었습니다. 글을 쓰는 것에 소질이 없고, 글을 쓰는 것을 어려워하는 편이라 크게 반가운 주제는 아니었습니다. 걱정 반, 기대 반이 아니라 걱정이 90프로를 차지할 정도였습니다. 하지만 책 쓰기 활동이 마무리를 향해 달려가니, 저 자신을 성찰하는 시간을 많이 가지게 되었습니다. 평소 다른 사람들의 시선을 의식하고, 겉모습을 지나치게 신경 쓰는 자신을 보며, 제 본래의 모습을 더 가꾸기로 결심했습니다. 이번 시간을 통해 남이 아닌, 제 자신에게 관심을 가질 수 있어서 뜻깊은 시간이었다고 생각합니다.

하지만 유의할 점이 있습니다. 앞서 말했듯이, 저는 글을 쓰는 것을 잘 하지 못합니다. 17살 때 한 선생님께서 제 글을 보시고 이과생임을 확신하시던 말씀이 떠올랐습니다.

이 책을 읽는 독자님들께서 꼭 이 점을 감안하시고 봐주시면 정말 감사하겠습니다. 이렇게 하는 것이 맞는지도 잘 모르겠지만, 제가 할 수 있는 한 최선을 다해서 써 본 글입니다. 저의 첫 작품, 크게 재밌는 내용은 없을지라도 편하게 봐주세요!

+ 책 제목을 보고 의아해 하실 분들이 있을 것 같다고 생각합니다.

먼저, 저는 평소에 꽃에 관심이 정말 많습니다. 꽃 사진을 올리는 sns계정을 팔로우하기도 하고, 관심 있는 꽃들을 자주 찾아보기도 합니다. 특히 스피리아라는 꽃은 8월 22일 탄생화이기도 합니다. 이 꽃의 꽃말은 '노력'을 의미하는데, 흔히 사랑과 관련된 꽃말이 아니라 제가 닮고 싶어 하는 모습을 닮았다고 생각하여 스피리아라는 꽃을 선택하게 되었습니다.

6살의 나에게 배울 점

　내가 유치원생, 6살 때 나름 큰 무대에 올라갔다. 사실 다들 한 번씩 해본 유치원 발표회이기 때문에 내가 서 본 무대 중에 큰 편에 속한다는 사실이 좀 부끄럽긴 하지만 무대가 생각보다 컸었다. 우리 유치원은 북구 청소년 회관에서 무대를 하게 되었다. 영어로 연극도 하고, 각자의 주제로 발표도 하며, 노래도 부르고, 춤도 추었다. 친구들 모두 무대에 서기 위해 원래 동화에 없는 인물도 새로 넣기도 했다. 연극 중에서는 개구리 왕자라는 연극을 하게 되었다. 나는 개구리를 다시 왕자로 변신시켜주는 요정 역할을 맡았다. 선생님께서는 내 옷이 가장 예쁘다고 몰래 얘기해주셨다. 나는 신경을 안 쓰는 척했지만 사실 기분이 은근 좋았다. 공연을 정말 오래 연습하고 드디어 공연 당일, 우리는 정말 혼란스러웠다. 무대 뒤에서 옷을 갈아입는 게 가장 혼란스러운 일들 중 하나였다. 총 4벌의 옷을 입었어야 했는데 지금 생각해보면 3~4명의 선생님들께서 그 많은 아이들을 다 돌보

는 것은 정말 힘드셨을 것 같다. 그때 선생님들을 만날 수만 있다면 유치원 친구들과 함께 찾아뵙고 싶다. 그 때 옷 중에 정말 까끌한 옷이 있었는데 동화 구연 중간에 mc를 맡던 도중 너무 간지러워서 긁었었다. 근데 여러 장의 사진 중 하필 긁고 있던 사진이 인화되어서 아직까지 그 사진을 보면 생생하게 기억이 난다. 내 생일에 대해서 발표할 때는 내 차례가 첫 번째라서

조금 긴장했던 것 같다. 동작을 하다가 마이크를 치기도 했지만 사실 그때 내가 얼마나 긴장했는지 기억이 나지 않는다. 단지 재밌었던 기억으로 남았다. 나중에 엄마 아빠 말씀을 들어보니 부모님의 눈에는 아직 아기 같은 애들이 영어로 모든 말을 하니 솔직히 못 알아듣겠다고 하셨다. 이모께서,

"근데 뭐라 하는지 안 들리는 게 너무 많더라!!!"

지금 생각해보면 나도 그럴 것 같다. 아기들이라 발음도 어눌하고, 우리끼리만 재밌었던 게 아닐까? 생각하였다. 그 당시를 남겨놓은 영상을 보니 내가 하는 말이 90% 들리지 않았다.

"My birthday is ......~~~***"

부모님들은 몇 시간 동안 들리지 않는 말을 듣느라 좀 지루하셨을 것 같다. 사진을 보니, 나는 어릴 때부터 키가 작아서 다 같이 노래 부르거나 춤을 출 때 항상 앞줄에 앉아있었다. 좀 슬픈 것 같다. 공연이 다 끝난 다음날 유치원에서 다 같이 기록된 영상을 볼 때 정말 뿌듯했다. 그 때는 무대에 서는 게 지금만큼 긴장되지도 않았고 빨리 내가 준비한 모든 것을 보여주고 싶은 마음이 컸다. 오히려 6살의 내가 지금보다 나은 점이 보였다. 지금은 조금이라도 큰 무대에서 발표를 하면 발표를 하기 전부터 정말 떨린다.

'지금 내 모습이 이상하진 않은가? 내 목소리는 이상하지 않은가? 남들이 내 실력을 낮게 평가하진 않을까?'

지금 생각해보면 쓸모없는 많은 생각을 하였다. 어느 순간부터 성격이 바뀐 것을 내 스스로 인지했다. 다시 초등학생 때처럼 부끄러움도

없고 무슨 일이든 적극적이었던 나로 돌아가고 싶다는 생각을 한 적이 있다. 내 성격의 변화를 인지한 후로부터, 내 자신을 바꿔가기로 결심했다. 지금의 내가 싫다는 것은 아니지만, 어릴 적 나에 비해 소심하고 남들을 신경 쓰는 나 자신에게 아쉬움을 느꼈기 때문에 내 소신껏, 열심히 해나가는 나 자신이 될 수 있도록 노력하고 있다.

나의 유일한 스포츠 취미, 야구

나는 초등학생 때부터 야구를 좋아했다. 저녁마다 아빠가 볼 때 옆에서 같이 보다 보니 보는 법을 알고 싶어서 아빠께 규칙을 배웠다.

"아빠, 무사 만루가 뭐야?"

야구 경기 시즌이 되면 저녁을 먹으면서 야구를 보는 것이 우리 가족에게 정말 자연스러운 일이 되었다. 규칙도 알고 선수들 얼굴도 눈에 익으니 야구에 관심을 쉽게 가질 수 있었다. 초등학생 때만 해도 내가 응원하는 팀인 삼성의 실력이 엄청 좋아서 볼 때마다 이기는 날이 많았다. 내가 볼 때마다 이기니 내가 응원을 열심히 해서 이기는 건가? 하는 약간의 착각을 하기도 했다. 지는 경우가 거의 없어서 질 때 느끼는 아쉬움을 별로 경험해 보지 못했나 보다. 내가 야구를 재밌어 하는 것을 가족들도 다 알기 때문에 6학년 때 처음으로 야구장에 가서 경기를 보기로 했다. 그때는 삼성 라이온즈 파크가 설립되지 않았을 당시였기 때문에 북구 쪽에 있는 야구장에 갔었다. 어디였는지 정확하게 기억은 나지 않지만 이모 집 근처여서 이모 가족과 함께 치킨과 떡볶이를 사서 갔다. 주말이라 그런지 사람이 엄청 북적북적했고, 8월이라 날씨도 엄청 더웠다. 주차할 공간이 부족하여 이모 집에서부터 걸어갔더니 가기 전부터 땀이 나고 힘이 좀 빠졌지만 야구를 볼 생각에 정말 설레었다. 처음 보는 경기다 보니 보는 방법을 몰라서 어느 순간 1회가 끝나있어서 좀 허무했다. 그 후로는 열심히 먹으면서 빠짐없이 보려고 나름 노력했다. 야구를 직접 볼 때 가장 큰 장점은 응원하는 것이다. 다 같이 일어나서 열심히 응원하는 장면이 정말 보기 좋았다. TV에서는 느낄 수 없었던 함성 소리가 정말 컸다.

그 때는 처음이라 응원하는 게 어색했다. 그날도 물론 경기를 이겼는데 내 기억상 점수가 1:0으로 별로 나지 않아서 아쉬움이 컸다. 다음번에 갈 때는 박빙으로 경기를 이겼으면 하는 바램을 가지고 집에 돌아갔다. 중학교에 올라가서도 학원이 없는 날이면 저녁에 야구를 종종 보곤 했다. 중학생 때도 야구장을 종종 갔는데 갈 때마다 벌레가 많고 더운 날씨에 찝찝함을 느끼며 불편하게 본 적이 많았다. 하지만 얼마 있지 않고 삼성 라이온즈 파크가 처음 설립되어서 우리 집에서 좀 더 쉽고 가깝게 갈 수 있었다. 중학교 친구들 중에서는 야구를 좋아하는 친구들이 별로 없어서 좀 아쉬웠지만 고등학교에 들어오니 야구를 좋아하는 친구들이 많았다. 고1 때 학교에서 같이 보러 간 적도 있고 친구랑 따로 갈 때도 있었는데, 갈 때마다 새롭고 여운이 남는 경기를 보고 왔다. 나는 역시 응원을 하는 것이 야구 경기의 꽃이라고 생각한다. 항상 야구를 볼 때마다 덥긴 하지만 더운 걸 참고서도 끝까지 응원하고 볼 만큼 재밌었다. 항상 야구를 보고 집에 오면 기본 일주일 동안 야구 응원 노래가 생각나서 플레이리스트에 넣어두곤 했는데 같이 간 친구도 여운이 가시지 않아 나처럼 노래로 달래주고 있었다. 그 사실이 너무 웃기고 공감되었다. 집에 오면 선수들, 치어리더들과 함께 집에 온 듯, 자꾸 흥얼거리게 되었는데 나는 그 기분이 좋았다. 남은 고등학교 생활 중에서도 꼭 가기로 약속했지만, 코로나 때문에 경기 관람이 쉽지 않고,

관람을 해도 무관중 경기가 많아서 가지 못했다. 관중 수를 정해두고 들어올 때도 있었지만 코로나가 빨리 끝나고 북적거리는 그 분위기를 느끼고 싶었다. 어른이 되면 내가 가고 싶을 때마다 갈 것이라고 다짐한 적도 있다.

꿈에 그리던 싱가포르

나는 초등학생 때부터 싱가포르에 가고 싶었다. 그래서 초등학생 때부터 원하는 나라에 대해 발표할 때마다 싱가포르를 조사하였더니 여행을 가기 전부터 알고 있던 정보가 많았다. 사실 언제부터 무엇 때문에 가고 싶었는지 모르겠다. 어느 순간부터 싱가포르에 호감을 가지게 되었고 꼭 가보고 싶다는 생각을 하였다. 그러다가 중3 기말고사가 끝나고 11월 중반쯤 이모가 같이 가자고 해서 이모, 엄마, 그리고 사촌동생과 함께 가게 되었다. 아빠와 이모부는 일이 바빠서 가지 못했고, 언니는 원래 같이 가기로 했지만 여행을 출발하기 4일 전에 큰 화상을 입었다. 알바를 하다가 뜨거운 물을 쏟아서 입원하고 말았다. 언니랑 해외여행은 오랜만이라서 꼭 같이 가고 싶었는데 여행이라 취소도 되지 않고 언니도 그 상태로 여행을 갈 수 없어서 결국 우리만 가게 되었다. 그래서 갈 때도 마음이 정말 불편하고 엄마께서도 여행 내내 언니를 걱정하셨다. 언니는 입원하고 있는데 우리만 놀러 가는 것이 너무 죄책감이 들었다. 그래서 언니 선물이라도 많이 사고 중간중간 언니와 연락을 자주 했다.

마음이 찝찝하고 좋지만은 않았지만 어찌 되었든 여행을 출발하였다. 인천국제공항에서 출발하는 비행기라 인천까지 가는데 그 길이 멀었지만 그래도 설레었다. 우리는 싱가포르의 건기와 우기 중, 우기에 갔기 때문에 비가 중간중간 자주 온다고 하였다. 열심히 고데기를 했는데 3일 내내 고정되지 않아서 너무 아쉬웠다. 첫날에는 내가 가장 가고 싶었던 마리나 베이 샌즈를 멀리서 보았다. 예전부터 사진으로 본 그 건물의 모습이 내가 본 건축물 중에 가장 인상 깊어서 정말 기대를 많이 했다. 마리나 베이 샌즈는 나에게 실망감을 안겨 주지 않았다. 그날은 여러 거리들을 자주 다녀서 자주 걸었고, 싱가 포르 본연의 느낌을 느낄 수 있었다. 또, 가든스 바이 더 베이에서는 다 같이 누워서 슈퍼트리쇼를 볼 수 있는 시간이 있다. 모두 그 시간 만큼은 바닥에 누워서 즐기기 때문에 누군가는 꺼려할 수 있지만 이 럴 때 아니면 언제 길바닥에 누워보겠는가? 하는 마음이 컸다. 가장 좋았던 것은 세계에서 가장 높은

대 관람차인 '플라이어'를 탄 것이 다. 대관람차에 큰 흥미를 느끼지 못하는 편이라서 기대를 전혀 하 지 않았는데 세계에서 가장 높다 고 하니 호기심이 생겼다. 관람차 안도 20명 넘게 탈 수 있을 만큼 엄청 컸다. 8명씩 탔는데도 전혀 북 적이지 않고 여유롭게 걸어 다니면서 보았다. 그 때 봤던 야경은 아 직까지도 생생하게 기억이 남는다. 내가 본 야경들 중 단연 최고라고 말할 수 있다. 여행 중에서 가장 좋았던 순간들 베스트 5를 뽑자면 이 순간을 빼놓을 수 없다. 싱가포르 전체를 보기에 딱 좋았고 누군가가

여행을 간다면 이 관람차를 꼭 타라고 강력 추천하고 싶다.

둘째 날에는 비가 오지 않아서 좀 편했다. 마리나 베이 샌즈의 건물 제일 위층을 가보니 싱가포르 전체의 모습 을 볼 수 있어서 마음이 탁 트이는 것 만 같았다. 사실 둘째 날에 크게 인상 깊었던 것은 많지 않았다. 그런 의미

로 마지막 날에는 싱가포르의 힐링지라고 할 수 있는 센토사 섬으로 갔다. 섬에서 루지를 탔는데 통영에서 이미 세계에서 가장 긴 루지를 타봤기 때문에 아주 조금 실망했다.

그래도 해외에서 탔다는 것에 의미를 두었다. 그날 저녁 리버 보트를 타며 야경을 보았던 것도 잊을 수 없다. 이번 여행에서 여유롭게 즐기는 시간이 많아서 정말 좋았다. 나는 같은 곳을 여러 번 가는 것보다 새로운 곳을 다양하게 가는 여행을 좋아하지만, 싱가포르만큼은 처음으로 다시 와도 좋을 것 같다는 생각을 했다. 왠지 그때를 생각하면 마음이 몽글몽글해지는 기분이다. 여행 동안 기분이 날아갈 것만 같았거나, 정말 엄청나게 행복하다는 생각을 자주 못 했던 것 같은데, 집에 와서 되돌아보니 가장 여운이 깊게 남는 여행이었다. 그때 사진과 동영상으로 많이 남겨두어서 가끔 사진을 보면서 회상하기도 한다. 사진을 다 보여주고 싶지만 몇 장만 올린다는 점이 아쉽기도 하다.

제주도 한 달 살기 프로젝트

　　나는 예전부터 수능이 끝나고 대학이 붙는다는 전제하에 알바를 해서 돈을 모은 뒤 제주도에서 한 달 살기가 정말 하고 싶었다. 여행 가는 것을 정말 좋아하는데 아무래도 고등학생 때는 시간을 내서 여행 가는 것이 너무 오래 걸리기 때문에 하지 못했다. 해외에서 한 달 살기 하는 것도 정말 하고 싶지만 아직 돈이 너무 부족해서 취업을 하고 난 후에 생각하기로 했다. 그리고 제주도 풍경은 아무리 여러 번 가도 새로운 느낌이 들게 하고 내가 가보지 못한 명소들이 많다고 생각한다. 제주도 자체의 이미지가 평화롭고 청초한 느낌이 들었다. 또한 한 달 살기 프로젝트를 하면 내 자신에 온전히 집중할 수 있을 것 같았다.

　　일단 제주도에 가기 위해 알바를 구하려고 하는데 알바 자리가 너무 부족했다. 어차피 수능 끝나면 남는 게 시간이기 때문에 카페 알바를 매일 나가고 중간중간 단기 알바도 했다. 어떻게든 모아둔 돈도 합치고 부모님 도움도 조금 받아 대학교 입학하기 전 1월에 한 달 동안 가기로 결정했다. 나는 게스트 하우스에서 자본 적이 한 번도 없고 게스트 하우스에서 새로운 사람들을 사귀는 것이 내가 가진 로망 중 하나였다. 낯가림도 많고 소심하지만 한 달 정도 있다 보면 내 집처럼 편할 것이라고 생각했다. 옷도 여러 벌 사고 만반의 준비를 해서 게스트 하우스에 갔다. 나는 여유롭게 여행 가는 것을 좋아해서 한 달을 잡았다. 역시 내가 생각한 제주도는 나를 배신하지 않았다. 그 제주도 특유의 느낌이 너무 좋다. 초록색이 많은, 건강한 기분, 야자수가 풍성하고 한라봉이 곳곳에 열려 있는 이미지, 내가 열심히 번 돈으로 여행 온 만큼 여러 곳을 다니며 알차게 써야 하나 싶기도 하지만 내 목적은 여러 곳을 다니는 것이 아니라 힐링하며 여유롭게 사는 것이기 때문에 멀리 나가는 일은 적었다. 나는 제주도 한 달 살기 중 게스트 하우스 주변을 산책하는 것이 가장 좋았다. 원래도 산책하는 것을 좋아한다. 나만의 시간을 갖는 기분이고, 여러 가지 잡생각을 정리할 수 있는 시간이라고 생각한다. 또한 그 시간만큼은 복잡하고 힘든 세상 속에서 벗어날 수 있는 시간이다. 게스트 하우스 주변 풍경은 정말 예뻤다. 저녁노을, 별이 많은 밤하늘, 구멍이 숭숭 난 돌담 등 대구에서는 볼 수 없었던 장면들을 실컷 보았다. 제주도에서 여러 장소들을 여행하고 나만의 시간을 가지면서 나의 고등학교 생활 3년을 돌아보았다. 나는 말로는 열심히 하고 몸은 힘들게 살았지만 남들만큼 열심히 했는가? 생각해보았는데 앞으로 더 열심히 해야겠다는 생각만 들었다. 지금 현재도 내 주변에 나보다 열심히 살아가는 사람들이 정말 많다. 앞으로는 세상에 불평불만보다는 더욱 긍정적인 사고를 가지고, 이러한 긍정적인 이미지를 다른 사람들에게까지 퍼트리는 사람이 되고 싶다. 내가 먼저 무슨 일이든 적극적이고, 열정적인 사람이 되기로 다짐했다.

Epilogue

나는 이 책을 쓰고 내 자신을 많이 돌아보게 되었다. 돌아본 결과 나의 목표는 무엇보다도 "뭐든지 열심히 하기"가 되었다. 예전에는 내가 하고 싶은 대로 사는 것이 인생에서 가장 중요하다고 생각했고, 인생을 살면서 허무감을 느끼는 것에 크게 생각해보지 않았는데, 막상 인생을 더 오래 살아보니 사람들이 살아온 것에 있어서 왜 허무감을 느끼는지 알 수 있었다. 나는 나중에 허탈감을 느끼지 않도록, 내가 후회하지 않을 정도로 열심히 살아야겠다.

또한 내가 살아온 과정들을 보니, 가면 갈수록 나 자신을 찾아가는 모습을 많이 볼 수 있었다. 내 본연의 모습을 잃지 않고 오히려 알아내는 것 같은 그 과정들이 매우 인상 깊었고 앞으로 남은 인생도 나를 위해 투자하기로 결심했다. 이 책을 끝까지 읽은 사람들도 비록 소수이긴 하지만 꼭 자신에 대해 생각해보았으면 좋겠다. 너무 남에게 치우친 삶이 아닌지, 내 자신은 나에게 몇 순위인지, 한 번쯤은 생각해보는 것을 추천한다.

우리들의 이야기

루트 18, 끝나지 않을 이름

There is nothing impossible in life
(인생에 불가능이란 없다)

오소은

11

오소은

성격	성실함, 리더십, 도움을 많이 주려함, 불의를 참지 못함
취미	음악 듣기, 드라마 or 영화 시청, 의학 관련 책 읽기
특기	작은 소리도 잘 들음, 긍정적으로 생각하기, 분위기 메이커, 붕대 감기, 상처치료
학력	대청초 졸업 소선여중 졸업 동문고 졸업

Prologue

이 책을 시작하기 전에 내가 이 책을 쓰게 된 계기를 이야기하려고 한다. 나는 진짜 그냥 평범한 여고생이다. 항상 긍정적으로 생각하려고 노력하였지만 고등학생이 되고 부정적으로 생각하게 되는 시간이 많아졌다. 아무리 긍정적으로 생각하려고 하여도 힘들기도 하고 꿈만 크게 잡고 노력한다는 말만하고 실제로 생각해보면 노력을 하지 않는데 성적이 나오면 '왜 이럴까?'라는 생각하며 우울해하고 분노하고 속상해하는 내가 너무 싫었다. 그렇게 2학년이 되고 코로나19가 터지면서 몇 개월 동안 집에 있으면서 조금씩 공부를 하고 1학기 중간고사를 쳤는데 생각보다 잘 나온 것도 있는 반면 진짜 충격적인 점수도 있어서 속상했다. 그러나 꿈이 의대에 입학하는 것으로 정해지면서 조금 더 노력하려고 하고 정신 차리려고 노력하며 좀 더 긍정적으로 살아보려는 나 자신이 조금 더 성장한 것 같아서 뿌듯하기도 하였다. 나뿐만 아니라 모든 수험생분들 그리고 중고등학생 분들 전부 힘들고 실망할 때가 있을 거라 생각된다. 그걸 알기 때문에 이 책을 읽으면서 '이런 사람도 있구나.', '나만 힘든 게 아니구나.'라는 생각도 하면서 자극을 받는 그런 시간을 가지는 시간을 가지면 좋겠다는 생각으로 이 책을 쓰게 되었다. 조금이라도 도움이 됐으면 좋겠고 학생 여러분들 조금만 더 힘내요!!

노력

　나는 지금 고1의 평범한 정말 하루하루가 지루한 인생을 살고 있다. 꿈을 이룰 수 있는지도 모르겠고 그냥 누가 봐도 열심히 공부를 하지 않고 있는 상태이다. 열심히는 하고 싶은데 하기 싫은 마음 때문인지 몸이 따라 주지 않는다. 누구나 한 번쯤 겪었을 것이다. 사실상 주변 사람들은 나를 보고 공부를 잘하는 줄 알고 있다. 하지만 그게 아닌걸.. 그런 말들을 들을 때마다 정말 부담되고 약간 짜증나기도 한다. 특히 친구들이 "너는 공부 잘하잖아 진짜 부럽다"라는 식으로 말하면 부담스러운 것을 넘어 짜증 나기도 한다. 그렇다고 거기다가 내 점수를 말하기도 내가 너무 부끄럽기에 하지 못한다는 것이다. 그래서 2학년 때는 정말 열심히 해야지 생각했다. 항상 하는 말이긴 하지만 이번엔 진짜로 열심히 하려고 다짐했다. 그렇게 2학년이 되었고 그렇게 열심히 공부를 하는 것 같지는 않지만 그래도 1학년 때보다는 정신을 차린 것 같다. '이렇게 하다 보면 성적이 조금 더 나아지고 꿈에 더 가까워지지 않을까'라는 생각을 했다.

　'나만 힘든 게 아니다', '의대를 갈 수 있다.'라는 생각을 하며 열심히 하려고 노력 중이다. 나는 항상 생각한다. '노력은 배신하지 않는다. 나만 힘든 것도 아니고 지금 2년도 채 안남은 기간 열심히 하면 의대에 갈 수 있을 거야.'라고. 그리고 항상 상상하곤 한다. 의대에 입학한 나의 모습을.

My Dream is come true

내가 고등학교에 들어 온 지 벌써 2년이 넘어서 이제 고3이 되었다.
꿈이 의대에 가는 것으로 정해진 지금 내신과 수능을 같이 중요하
게 여기게 되었다. 원래는 모의고사를 중요하지 않게 생각하고 준비
도 안했는데 그게 정말 후회가 된다. 의대를 가고 싶다는 목표를 정
하고 수시로 간다면 최저등급을 맞춰야 하고 수시가 안 되는 경우 정
시로 가야하기 때문이다. 정말 열심히 공부를 하고 있긴 하지만 그
래도 걱정이 되고 불안한건 사실이다. 엄마랑 얘기할 때 '지금 이 성
적으로 의대는 어림도 없다', '그래도 지금 열심히 하면 되지 않을까
요?'라고 자주 얘기를 했고 내가 걱정할 때 마다 엄마가 "노력은 배
신하지 않아 그니까 열심히 노력하면 될 거야."라고 북돋아 주시곤
했는데 그래도 불안한 건 사실이다. 의대를 가려면 그래도 1등급은
나와야 하는데 아직은 그 정도의 실력이 안 되는 것 같아서 불안한
데 그 불안한 마음을 안고 더 열심히 공부를 할 것이다. 이렇게 불안
할 때 그리고 공부가 안될 때는 의대에 입학한 나를 생각하며 정신을
차리고 열심히 하곤 한다. 선생님과 상담한 내용도 생각나는 데 내가
불안해서 선생님께 찾아가 조언을 구하곤 했다. 교무실을 찾아가 "선
생님 제가 꿈이 커서 부담되지만 노력은 배신하지 않는다고 늘 생각
하며 열심히 공부를 하고 있기는 한데 그래도 계속 걱정이 돼요"라고
말할 때면 선생님께서 "너 잘하고 있어 그러니까 너무 걱정하지 말고
조금만 더 힘내자"라며 응원해주시곤 하셨다. 친구들도 옆에서 응원
해줘서 많은 힘이 된다. '내가 어쩌다 의대라는 목표를 가지게 돼서
이렇게 꿈만 크게 잡아도 되는 건가'라는 생각도 자주 하였다. 그래도

정말 많은 친구들과 선생님 그리고 가족들까지 응원을 해주니 더 책임감을 가지고 열심히 해야겠다는 생각이 든다. 꼭 내가 의대를 입학해서 정말 멋있는 의사가 되겠다고 다짐을 하고 오늘도 열심히 달린다. 나처럼 꿈을 향해 달리는 모든 수험생들과 고등학생을 정말 진심으로 응원한다. 오늘도 수고했어요.^^

기숙사 생활

의대에 입학하고 내 생의 첫 기숙사 생활을 하게 되었다. 걱정 반 기대 반인데 걱정을 한 것이 부끄러울 정도로 빨리 적응을 하여 아주 잘 지내고 있다. 기숙생활을 한다면 가장 걱정이 되는 것 중 하나가 룸메이트들과의 싸움이나 의견충돌로 인한 트러블인데 아직은 그런 것 없어서 잘 통하는 것 같다. 기숙생활에서 좋은 것 중 하나는 한 번씩 공부를 하기 싫거나 놀고 싶을 때 옆에서 같이 생활하는 친구들을 보면서 자극을 받는 것이다. 공부를 정말 하기 싫거나 공부가 잘 안될 때는 친구들과 같이 밖에서 야식을 시켜서 먹기도 하고 학교 앞에서 산책을 하면서 스트레스도 풀며 쉰다. 평소 친구들과 하는 일상 대화가 있다.

"오전 수업 끝나고 점심으로 뭐 먹을래?"

"그러게 순두부찌개 먹을래?"

"오...! 좋은데?"라고 하며 항상 전날 밤에 친구들과 숙소에서 점심을 뭐 먹을지 생각을 한다. 하루 수업이 끝나고 자유시간 및 취침시간에는 수업시간에 태블릿에 필기해 놓은 것을 보면서 기출문제도 보며 공부를 한다. 유급을 하면 안 된다는 생각을 의대생은 평소에 많이들 하는 것 같다. 그래서 더 열심히 공부를 하게 되는 것 같다.

친구들과 기숙사 생활을 하다 보니 승부욕이 붙어 열심히 하루를 마무리 하고는 한다. 부모님과의 통화를 하면서 한 번씩 눈물을 흘릴 때도 있고 집이 그리울 때도 있지만 나만 그런 건 아니기 때문에 어제도 오늘도 그리고 내일도 나는 포기하지 않고 열심히 공부를 해서 많은 사람들을 살릴 수 있는 그만큼의 능력이 있는 의사가 될 것이다.

내가 공부한 이유

공부를 하면서 가끔 내가 왜 공부를 하는지에 대해 생각을 하곤 한다. 어릴 때는 그냥 "주변에서 공부하라고 하니까", "커서 잘 살기 위해서"라는 구체적이지 않은 그런 생각을 했는데 지금 생각해보면 그런 생각은 그냥 철없는 어린 나의 생각일 뿐인 것 같다. 지금은 누군가가 나에게 공부하는 이유가 뭐냐고 물으면 나는 "한 번뿐인 인생이고 이 순간은 다시 오지 않기 때문에 공부할 때 열심히 해야 한다 생각하고 공부를 열심히 해야 내가 원하는 꿈을 이룰 수 있기에 내가 공부하는 것이다."라고 대답할 것이다. 초등학교를 졸업하고 어느새 중학교도 졸업하여 벌써 고등학교에 졸업한지 2년이 다 되어 간다. 물론 시험성적을 보고 울었던 적, 실망한 적, 정말 포기하고 싶었던 적이 있었지만 지금까지 계속 공부를 하는 것은 나에게는 정말 이루고 싶은 꿈 즉 의대에 입학하고 싶기 때문이라고 생각한다. 그리고 의대에 입학하여 열심히 공부를 해서 많은 사람들을 살리고 봉사도 많이 가는 멋있고 능력 있는 의사가 되고 싶기 때문에 공부를 열심히 해서 의대를 잘 졸업해서 대학병원에 인턴으로 들어가서 열심히 경험을 많이 쌓아서 정말 멋있고 능력 있는 전문의가 되어서 아픈 환자들을 열심히 도와드리고 싶고 친구들과 유럽 여행도 가고 싶고 남자친구와 같이 데이트하고 여행도 다니고 싶다. 내가 원하는 것들을 이루기 위해서는 공부를 열심히 해야 한다는 것을 잘 알기에 포기하지 않는 것이다. 물론 의대를 입학할 것이라는 확신은 없다. 그러나 사람의 미래는 모르는 것이라고 열심히 하면 될 것이라 생각한다. 노력은 배신하지 않으니 말이다.

Epilogue

이렇게 나의 꿈에 관한 이야기들과 내가 원하는 미래의 나의 모습에 대해 자세히 적으면서 굉장히 자극이 되었고 내 꿈을 포기하지 않고 열심히 해야겠다고 생각을 하였다. 적으면서 너무 기대가 되었고 공부를 열심히 하여 의대에 꼭 입학하겠다는 다짐을 하게 되었다. 처음에는 어떻게 작성해야할까 걱정도 많았고 고민도 많았지만 그래도 적기 시작하니까 망설임 없이 빨리 적었던 것 같다 아무래도 나의 이야기를 적으니까 더 쉽게 적을 수 있었던 것이 아닌가 싶다. 지금도 열심히 공부하고 있을 그리고 여전히 고민이 많을 우리 중학생, 고등학생 분들!!! 이 말들 꼭 기억하세요. '노력은 배신하지 않는다.', '나만 힘든 건 절대 아니다.', '꿈을 이루기 위해서는 열심히 해야 한다.', '불가능이란 없다.' 그럼 오늘도 모두들 힘내세요!!!

우리들의 이야기

루트 18, 끝나지 않은 이름

시믕이의
시믕추억

임시은

12

임시은

나이	18세
국적	대한민국
학력	딩동댕 어린이집, 금성 유치원, 효신초, 동원중, 동문고
매력	모든 행동이 귀여워서 사망
특기	영화 보기, 웹드라마 보기
꿈	프랑스 남자랑 결혼하기

Prologue

이 책은 오로지 임시은만의 과거 여행과 미래 여행에 대한 책이다.

여행이라고 해서 무조건 여행을 떠나는 것만이 아닌 내 머릿속 상상의 여행도 포함이다. 난 여행을 매우 좋아한다. 이 책을 읽음으로써 다른 이들도 여행을 사랑하길 바란다. 임시은의 과거와 미래의 여행 속으로…

나의 중학교 마지막 여행

2018년 9월 28일 내 나이 16살 중3 때이다. 난 이날 나의 중학교 마지막 여행인 수학여행을 다녀왔다. 장소는 부산!! 친구들과 몇 달 전부터 기대하면서 "뭐 입을 거야??? 우리 옷 맞추자!!" 이러면서 뭘 입을지 고민도 하고 했지만 사실 막상 다가왔을 때는 그냥 그러려니 했다. 드디어 수학여행 날이 오고 버스를 타고 부산으로 출발했다~ 가는 길에 친구들이랑 사진도 찍고 애들이랑 떠들기 바빴다. 난 그때 흰 셔츠에 초록색 맨투맨을 입고 통 큰 진청바지를 입고 있었는데 친구의 커피를 얻어먹다가 하필 방지턱을 지날 때 먹어서 옷에 다 흘려 버렸다. 애들이 "야 괜찮아?!!??"라고 해서 처음엔 내가 너무 한심하고 멍청했는데 얼룩을 보니깐 은근 지도 같고 더 예뻐 보였다. ㅋㅋㅋ 그렇게 까불고 장난치다가 부산에 도착하고 우리는 바닷가 전망대에서 사진을 찍었다. 선생님께서 팀별로 사진을 찍으라고 하셔서 내가 가져온 삼각대로 우리 조는 열심히 찍었다. 그래서 다른 선생님들도 나보고 빌려달라고 하셔서 빌려드렸다. 그렇게 사진을 찍고 또 미니 투어버스 같은 것을 타고 바다 풍경을 봤다. 여기선 애들이랑 사진 찍기 바빴다. 미니투어버스를 내리고 우린 깡통시장, 국제시장에 가서 돌아다니면서 맛있는 걸 먹기 시작했다. 먼저 배가 고파서 눈에 보이는 대로 먹은 것 같다. ㅋㅋㅋ 큐브 스테이크를 보고 "야!!! 당장 먹자>ㅍ<" 이러고 물방울 떡 보고 "큐브 스테이크 먹고 바로 고ㅎㅎ" 이러면서 엄청 먹었다. 그리고 나중에 출출해서 떡볶이도 먹었다. 그렇게 구경하면서 국제시장 영화의 꽃분이네도 갔다. 처음에는 갈 생각이 없었지만 점점 갔다 왔다는 애들이 많아서 나도 지도를

보면서 못 갈 게 없다고 생각해서 출발했다. 가는 길은 생각보다 멀어서 애들이 "야...어딨냐..." 이랬는데 난 끝까지 찾으려고 "다 왔다 근처야 근처~" 이러면서 끝까지 갔다. 끝내 꽃분이네를 찾았지만 찾은 게 끝이라서 너무 허무했다. 딱히 살 것도 없고... 그래서 그냥 다시 원래 있던 곳으로 돌아갔다. 가면서 엄청 긴 아이스크림도 먹었다. 그렇게 맛있게 먹고 다시 다 모여서 버스를 타고 감천문화마을로 향했다. 도착한 뒤 돌아다니면서 우린 사진으로 보던 어린 왕자 포토존을 찾았다. 발견하자마자 단체로 동시에 "야 찍자 찍자!!!!"라고 하면서 바로 줄을 섰다. ㅎㅎ 드디어 우리 차례가 오고 사진을 여러 장 찍고 다른 애들도 찍어줬다. 그렇게 사진을 왕창 찍고 거리를 돌아다니면서 기념품 꽃차, 핸드메이드 피규어(?)도 샀다. 왜 샀는지는 모르겠는데 진짜 기념품은 있을 때마다 사는 것 같다. 암튼 중학교 마지막 수학여행을 기념품 사는 것으로 마무리 짓고 우리 버스를 타고 집으로 향했다.

행복한 내 18번째 생일

2020. 05. 31. 내 18번째 생일이 왔다. 이번 생일은 사촌인 '가현' 이 집에서 생일 전 10시 30분쯤부터 작은 파티를 열기로 했다. 왜냐하면 가현이 생일이 5월 30일이었기 때문에 파티를 열면 내 생일까지 같이 파티할 수 있는 것이었다. 난 가현이 집에 가기 전에 파티 용품을 사고 집에 도착하자마자 "가현아 생일 축하해~~"라고 하고 서로 좋아하다가 바로 풍선 불고 막 방을 꾸몄다. 드디어 파티를 시작하고 우리는 무작정 사진을 찍었다. 우리끼리 여는 작은 파티였는데도 너무 행복했다. 앤마리의 birthday 노래를 틀어두고 사진도 찍고 게임도 하고 그러다가 12시가 땡했다. 드디어 내 생일이었다! 이번엔 가현이가 "언니 생일 축하해~~ 잠시만"하더니 가현이가 자기가 만든 케이크를 들고 왔다. 난 엄청 놀라서 "헐!!! 야..뭐야!!!!ㅠㅠ" 이러면서 엄청 감동받았다. 케이크가 너무 아기자기하고 귀여웠다. 케이크 사진도 찍고 케이크 들고도 찍었다. 우리의 생일 파티는 사진 찍은 게 다인 것 같다. ㅋㅋㅋ 원래 사진이 남는 거다. 암튼 12시 이후가 되니깐 친구들한테서 연락이 왔다. 다들 생일을 축하한다고 축하해줬다. 난 너무 고맙고 감동했다. 파티고 뭐고 집중도 안 되고 답장하기 바빴다. 우린 그렇게 밤을 새고 해가 뜨는 걸 보면서 가현이 남매이자 내 사촌 '광현'이가 "누나 치킨 먹을래??"라고 해서 당장 같이 먹었다. 밤을 새고 먹는 치킨은 진짜 맛있었다. 그렇게 먹고 양치하고 우리는 아침이 되어서야 잠에 들었다. 나중에 일어나서 가현이랑 아쉽게 헤어지고 난 교회를 갔다가 엄마랑 백화점 쇼핑도 갔다가 오랜만에 이혁준도 잠깐 만났다. 혁준이도 케이크를 줬다. 엄청 감동

받았다. 진짜 이번 18번째 생일은 너무 행복하고 너무 좋았다. 집 가서 가족이랑 생일 축하하고 내 18번째 생일을 마무리했는데 이번 생일은 내 곁에 소중한 사람들이 많이 축하해 줘서 더 행복했던 생일이었던 것 같다. 내 주변에 정말 좋은 사람들이 많고 더 열심히 잘 살아야겠다는 생각도 들었다. 임시은 화이팅!

행복한 나의 대학 라이프

　나는 지금 OO대 도시계획학과에 다니고 있다. 도시 계획학은 내가 고2 때 관심을 갖게 되었는데 지금 내 진로로 이어지게 되었다. 현재 나는 대학을 다니면서 정말 많은 것을 배우고 있다. 일단 도시계획가에 대해 설명하자면 도시계획가는 도시의 거의 모든 건축물의 건설을 계획하고 예를 들어 도서관, 터널, 다리 등을 건설 계획을 하고 대체로 더 나은 도시를 만들기 위해 노력하는 직업이다. 현재 우리 학과는 그런 진로에 대해 더 잘 알기 위해서 이론적으로 배우면서 우리가 직접 컴퓨터로 가상의 도시를 만들어 보거나 실제로 현장 실습도 가서 우리의 경험과 지식을 쌓았다. 우리 22학번 동기들은 우리의 미래의 더 나은 도시와 우리의 꿈을 이루기 위해 열심히 배우고 노력하는 중이다. 그리고 과제가 있을 때마다 학교 도서관에서 학과 동기들

이랑 밤새며 과제를 하는데 오늘도 과제가 있다. 대학 동기 중 가장 친한 동기인 다희랑 수업을 다 듣고 바로 도서관으로 가서 과제를 하다가 도저히 안 되겠어서 "야...편의점 고?"라고 하면서 잠깐 산책도 할 겸 나갔다. "야 진짜 힘들다..짱 피곤해; 우리 낼 주말인데 빨리 과제 끝내고 뭐 할래? 니 집 고고?"라고 하며 빨리 다시 도서관으로 들어가 겨우 과제를 끝내고 내 자취방에 캔 맥주 2개와 치즈케이크를 사와 영화를 보면서 우리는 밤새 떠들면서 잠들었다. 나는 학생 때 꿈꾸는 대학 생활까지는 아니더라도 꽤 재밌는 대학 생활을 하는 중인 것 같다. 그리고 주말마다 학교 앞 카페에서 알바도 해서 적금을 꼬박꼬박 넣고 있다. 그 이유는 종강하면 바로 프랑스 여행을 떠날 것이기 때문이다. 빨리 프랑스에 가서 내 남자친구를 만들고 싶다. "엇 어서 오세요~ 00카페입니다~" 손님이 오셔서 내 대학 이야기는 여기까지 써야 될 것 같다.

여행 중 만난 나의 프랑스 썸남

난 대학이 종강하고 드디어 오고 싶던 프랑스에 왔다. 몇 년 전부터 내 꿈인 프랑스 남친을 만나기 위해 이곳에 왔다!! 사실 이번 여행은 계획 없이 발길 가는 대로 가보자 싶어서 프랑스 어디를 돌아다닐까 고민하다가 그래도 프랑스의 제일 유명한 에펠탑을 보자 싶어서 파리 에펠탑으로 바로 출발했다. 도착하고 본 에펠탑은 굉장히 컸고 사진으로만 보던 에펠탑을 실제로 보니 너무 신기하고 좋았다. 그리고 주변에 외국인분들이 많아서 진짜 외국이라는 게 실감 났다. 에펠탑 옆에 앉아서 쉬다가 노트에 그림도 그리고 그 순간만큼의 분위기를 노트에 담으려고 했다. 그리고 배가 고파서 바로 근처 맛집을 찾아보고 찾은 파스타 맛집으로 출발했다. 파리 맛집에서 먹은 로제 파스타와 소고기 필라프는 정말 대박 환상적이었다. 이렇게 든든하게 먹고 파리의 거리를 걸어봤다. 파리의 거리는 진짜 어색하지만 친근하고 특히 비 오는 날의 파리는 환상적이라는데 그냥 화창한 거리를 걸어도 너무 행복했다. 그렇게 걸어 다니면서 근처 보이는 옷 가게에 들어가서 쇼핑도 하고 여러 가지 선물들도 샀다. 그리고 에펠탑의 야경을 보기 위해 다시 에펠탑으로 출발했다. 에펠탑에 도착을 하고 에펠탑 앞의 잔디에 돗자리를 깔아 맥주와 나초를 먹으며 앉아 있었다. 여기에는 외국인 친구들이 많이 놀러 왔다. 그 친구들은 흘러나오는 음악에 맞춰 춤도 추고 서로 대화도 많이 하고 친해지기도 하고 정말 낭만 그대로였다. 나도 혼자 앉아서 에펠탑의 야경을 즐기고 있었는데 저 멀지는 않은 거리에서 잘생긴 외국인 친구가 나한테 다가오고 있었다. 나한테 와서는 "Hi~"라고 말을 건넸다. 당황스러웠지만 나도 인사를 했다. 그리고 몇 번 말을 주고받다가 그 친구의 이름이 스콧 (Scott)임을 알게 됐다. 스콧은 나이가 22살이었다. 한국 나이로 치면 나랑 나이가 같았다!! 처음에는 스콧이 이상한 애인 줄 알았다. 하지만 스콧이랑 얘기를 해보니 매우 친절했다. 스콧은 여기에 친구들이랑 왔다고 했다. 스콧은 부모님과 누나와 남동생이 있고 이 근처에 산다고 했다. 그렇게 여러 가지 학교 얘기도 하고 시간이 많이 지나서 스콧이 이 근처 숙소에 머무는 나를 데려다준다고 했다. 그렇게 숙소 앞에 도착을 하고 인스타 팔로우를 하고 서로 이메일도 주고받고 헤어졌다. 숙소에 들어가서 씻고 옷을 갈아입고 침대에 누워 폰을 하려고 하는데 스콧에게서 연락이 와있었다. "Hey"라고 와있었다. 나도 "Hi"라고 하고 스콧이 내일 뭐 하냐고 해서 계획이 없다고 하니 내일 만나서 같이 파리 탐방을 하기로 했다. 너무 기대돼서 잠을 설쳤다. 빨리 아침이 되기를 기대하면서 잠들었다. 아침에 새가 지저귀는 소리를 듣고 난 일어났다. 난 빨리 준비를 하고 옷을 골랐다. 이날은 화장도 잘 돼서 너무너무 행복했다. 그래서 옷도 화사한 원피스를 입고 출발을 했다. 숙소 앞에 나가자 스콧이 날 기다리고 있었다. 스콧은 진짜 아침부터 미모가 진짜 와우 짱이었다. 하지만 놀란 마음을 숨기고 자연스럽게 말을 이어나갔다. 일단 우리가 계획 없이 파리를 탐방하는 거라서 어디를 갈까 싶었는데 한국에 있을 때 어릴 때부터 가보고 싶던 루브르 박물관에 가기로 했다. 너무 설레고 기대됐다. 스콧은 루브르 박물관에 엄청 많이 갔었다고 한다. 루브르 박물관을 구경 다 하고 근처 레스토랑에서 밥을 먹었다. 밥을 먹고 나와 우리는 느긋한 오후의 파리를 같이 걸었다. 너무 설레고 마음이 몽글몽글했다. 우리는 어제 만났지만 많은 말을 주고받으면서 서로에 대해 알아갔다. 스콧은 오늘 데이트하면서 정말 매너도 좋고 날 배려 해주는 게 너무 잘 느껴졌다. 우리는 공원에서 산책을 하다가 저녁에 스콧 친구 집에서 하는 홈 파티에 가기로 했다. 스콧이 "Si eun please wait a minute!!"라고 하더니 10분 동안 사라졌다가 쇼핑백을 들고 어느새 내 눈앞에 나타났다. 스콧이 나에게 "This is for you~"라고 하며 쇼핑백을 건넸다. 쇼핑백 속에는 정말 예쁜 드레스가 있었다. "Oh my god!!!! Thank you..."라고 말하며 나는 엄청 감탄하며 고마움을 전했다. 우리는 옷을 갈아입고 한 1시간 뒤에 만나기로 했다. 난 숙소에 가서 드레스로 갈아입고 화장과 머리도 하고 나왔다. 스콧이 바로 앞에 차를 대놓고 날 기다리고 있었다. 난 너무 행복하고 공주가 된 기분이었다. 스콧의 차를 타고 스콧 친구의 홈 파티로 향했다.

Epilogue

자서전을 처음에 쓴다고 했을 때 너무 설레고 막 고민하고 했는데 주제를 정해서 쓰고 나니 처음 그 설렘보다 더 설레었다. 과거 여행 이야기를 쓸 때는 과거의 추억, 그때의 감정에 젖어서 설레고 미래 여행을 쓸 때는 아직 겪지 않은 일을 내 생각, 상상으로 적는 거라서 특히 더 설레었던 것 같다. 아직 쓰고 싶은 이야기가 더 많지만 차차 써내려고 한다. 자서전은 인생에 있어서 꼭 한 번씩은 써봐야 될 것 같다.

우리들의 이야기

루트 18, 끝나지 않은 이들

어디를 가든지
마음을 다해 가라

정라경

get ready travel with me?

13

정라겸

생년월일	2003. 2. 28.
가족	쌍둥이 자매중 동생
학교	동문고 재학중
SNS	INSTARGRAM(@elf_ragyeom)

밝고 긍정적인 성격이다. 사람 사귀는 것을 좋아하며 노는 것을 제일 좋아한다. 사진 찍히기보단 찍고, 먹는 것을 좋아하며 힙합을 좋아한다! 좋아하는 것도 많지만, 나의 꿈인 간호사를 위해 공부도 열심히 하며 친구들과 함께 즐거운 학창시절을 보내는 중이다.

Prologue

안녕하세요. 이야기를 하기에 앞서 저는 지금 시험기간입니다. 한창 바쁘고 시간도 모자랄 텐데 왜 이 길고 긴 글을 쓰고 있냐고요? 저는 생각해봤습니다. 시험공부를 하더라도 내가 왜 공부를 하고 좋은 성적을 받아야 하며 또 성적을 위해 학원을 다니며 잠도 줄여가며 공부를 할까..? 바로, 나는 내 미래를 위해 지금 열심히 공부하는 것입니다. 그런데 나는 내 미래를 말도 안 되는 망상은 해봐도 현실적으로 상상해 본 적이 없습니다. 맞습니다. 제 미래는 너무 거창하고 그만큼 엄청난 제 모습을 꿈꾸고 있습니다. 하지만 그만큼 저는 거기에 맞춰 열심히 노력하고 노력하는 중입니다. 여러분도 저처럼 좀 거하게 미래에 대한 목표를 세워 보는 게 어떨까요? 사람이 좀 더 부지런해 지는 것 같더군요. 이제 저는 뒤로 이어질 제 이야기를 쓰면서 바쁜 현실세계에서도 나의 과거 일들을 꺼내 보는 것이 쉽진 않겠지만 깊은 내 속마음을 되새겨보고, 또 현실적인 미래를 상상해 보려고 합니다. 그렇지만 미래에 대해 상상하는 것에 그치지 않고 미래의 진짜 내가 이루고 싶은, 내가 될 모습을 상상해 보려고 합니다. 내가 될 모습을 구체적으로 생각해보고 쓰면서 나에게 한 발짝 더 나아가는 것이 아닐까? 라는 생각으로 이 글을 쓸 것입니다. 더 멋진 나를 위해서 과거의 나를 돌아보며 미래를 꿈꿀 수도 있고 반성할 수도 있을 기회가 될 것 같습니다. 지금껏 내가 무한한 미래를 꿈꿀 수 있게 도와준 부모님과 함께 같이 달려와 준 친구들에게 고맙고 이런 기회를 마련해주신 선생님께도 감사하는 마음으로 이제 글을 써가 보려고 합니다.

우리 가족의 취미는 여행~

우리 가족은 엄마, 아빠 그리고 나와 내 쌍둥이가 있다. 엄마도 아빠도 나도 내 쌍둥이도 한껏 꾸며서 사진 찍기 그리고 활동하기를 너~무 좋아한다. 그래서 일 년에 한, 두 번은 꼭 해외여행을 가서 다양한 문화를 체험하곤 한다. 거기서 가장 좋았던 여행은 세부이다. 얼마나 좋았냐고요? 여행 계획을 짤 때 아빠가 "이번에는 어디 갈까?" 이러면 나는 항상 고민하지 않고 바로 "세부!!!!!!!!!" 이럴 정도다. 가도 가도 좋은 추억 뿐 이었다. 왜냐면 세부는 바다에서 멀리까지 가서도 안전장비 없이 가이드 한 명과 지칠 때 까지 자유롭게 수영할 수 있다. 정말 너무 행복하다. 물고기들이랑 같이 헤엄치고, 너무 예쁜 산호들과 그 사이사이 숨어있는 귀여운 물고기들, 그리고 영화에서만 보던 고래, 돌고래, 거북이와 함께 수영하면 이 세상이 아닌 것 같다. 그냥 너무 영화 같다. 물론 숨을 잘못 쉬었다가 코로 물이 들어가거나 바닷물을 왕창 마셨을 때는 너무 지옥이다. 하지만 난 물이 너무 좋고 바다가 너무 좋다. 또 세부의 밤바다 거리도 너무 좋다. 우리나라와는 너무 다른 분위기에 다른 문화이다. 음식도 너무 입에 잘 맞고, 맛있다. 무엇보다 가성비가 좋아서 매일 매일을 축제 같은 분위기를 누릴 수 있는 것 같다. 아 하지만 무엇이든 싸다는 것은 아니다. 저번에 밤에 해나를 하고 놀다가 리조트를 가서 피곤해서 바로 잣는데 시트에 해나 가루로 다 더럽혀져서 우리나라 돈 사십 만 원이나 지불하고 왔다. 너무 당황스러웠다.. 그리고 여긴 너무너무 사람들이 부지런하다. 밤이 되면 길거리도 어두컴컴하고 조용한데 해뜨기 시작한 새벽부터 사람이 북적북적하다. 곳곳에 경찰도 엄청 많고 에티켓 문화도 그렇고 우리나라와는 그냥 확실히 다르다. 그래서 항상 더 새롭고 재미있다. 물론 다른 나라도 너무 신기하고 재미있는 것은 마찬가지다. 우리 가족 모두가 여행을 좋아해서 다행이라고 생각한다. 다른 나라를 여행하다보면 아무래도 언어를 잘하고 싶다 생각할 때가 너무 많다. 그래서 항상 우리 아빠는 스스로 공부해서 적어도 뭔가 필요할 때 스스로 말할 수 있게 공부하고 가자고 한다. 아빠는 언어를 다양하게 잘하기 때문이다. 그래서 한 번도 해외여행을 체험할 때 말곤 가이드나 관광사와 함께 한 적이 없다. 그래서 더 공부해서 가야하고 외국인과 마주할 때가 많다. 그래서 공부를 해야 하는데 하지만 솔직히 어렵다. 공부해서 가도 눈만 마주치면 내 머리는 백지장이 돼버리고 공부가 그다지 하고 싶지도 않아서!.. 그래도 많이 마주하다 보니 이제 겁은 나지 않는다. 빨리 어른이 되고 친구들과 함께 공부하고 돈도 모와서 우리끼리 여행을 가보고 싶다. 그땐 완벽하게 좀 더 누리지 못했던 문화에 대해서도 누리고 싶다. 아마 내가 이런 미래를 상상할 수 있었던 것은 나에게 많은 경험을 쌓아주고 내가 특별하다고 느끼게 해준 우리 부모님의 덕분이다.

소중한 우정

　나는 중학교 일학년부터 지금까지 아마 미래에도 이 친구들과는 평생 서로서로 의지하며 잘 지낼 것 같다. 우리는 유치하게 만나서 유치하게 놀고 또 유치하게 서로서로 뿐이라며 다른 친구는 없어도 된다며 우리끼리만 놀고 이랬다. 어떻게 보면 너무 우리끼리만 놀아서 다른 친구를 사귈 틈이 없었지만 결국에 마지막엔 진정한 친구로 우리만 남고 가벼운 사이가 아닌 아직까지도 의지하며 다른 학교여도 이야기를 들어주며 서로 조용히 곁을 지켜주며 잘 지내고 있는 것 같다. 물론 우리들끼리 싸우기도 하고 서운했던 점도 많지만 거리를 두거나 연을 끊을 목적이 아닌 오해를 풀고 더 돈독해지기 위해서였나 보다. 우리는 같이 처음으로 해보는 것도 많았다. 파자마 파티, 타지여행, 물놀이, 등산 등등.. 적지 않은 수의 열 명인 친구들이 다 같이 뭔가 하기에 너무 어렵고 또 다 여자라 물놀이나 여행 갈 때, 맞추는 것이 너무 어려웠다. 그래도 서로 배려하고 기다려줬기 때문에 많은 추억도 쌓을 수 있었고 항상 재미있었던 기억뿐이었던 것 같다. 하지만 지금은 공부도 해야 하고 할 것이 많기 때문에 자주 만나기는 어렵겠지만 정말 필요할 때 부담 없이 연락하고 만날 수 있는 동네 친구들이기 때문에 우리들의 큰 장점인 것 같다. 이 친구들 덕분에 내가 같이 어울리고 이야기 내용을 알고 싶어서 공부하고 좀 더 찾아보고 떳떳할 수 있게 된 것 같다. 서로 좋은 경쟁도 하고 또 모르는 것도 멘토, 멘티처럼 지식을 공유하고 너무 학생으로서 좋은 친구들이다. 물론 다들 엄청 나의 자랑이 되는 친구들이다. 앞으로 미래와 하는 일, 추구하는 것, 직업도 다 달라서 자주 만나거나 연락하기 힘들겠지만 그래도 이렇게 노력한 만큼 다 같이 성공해서 좋은 모습으로 만나고 싶은 친구들이다. 물론 그때까지 우리가 돈독하게 우정으로 이어질 수 없을 수도 있겠지만 그래도 내가 가장 의지할 수 있고 믿는 친구들로 남아줬으면 좋겠다. 그래도 고등학교 친구가 오래갈 것 같지만 사실 중학교친구가 더 오래간다는 이야기도 있던데 나는 그 이야기가 맞았으면 좋겠다. 내 인생에 너무 좋은 친구들이였기 때문에 이 친구들과의 인연이 더 간절하고 나의 발전에도 영향을 끼친 것 같다.

헬 직업 간호사?!

나는 어릴 적부터 간호사로 일하고 계신 이모와 엄마의 재미있는 직장 에피소드를 옆에서 많이 들었다. 병원에는 정말 재미있는 일들도 당황스러운 일들도 미친 사람들도 많지만

그래도 끝까지 듣다 보면 따뜻한 정과 마음이 오가는 아름다운 곳인 것 같다. 아마 그때부터 간호사가 되기로 마음먹었던 것 같다. 그래서 나는 2047년 지금까지 간호사로서 열심히 일하고 있다. 어릴 적부터 들은 대로 간호사들끼리의 기 싸움은 너무 심한 것 같다. "벌써 퇴근하시게요?;; 아직 김쌤도 퇴근 안 하셨는데..", "이걸 아직도 못 외우고 있니? 아 이제 퇴사하려고?", "아니 왜 이걸 헷갈려 정신 챙겨 너만 쉬워?,,,", "쟤 오늘 뭘 했다고 퇴근해?", "넌 선배한테 인사도 안 하니?ㅋ", "야 너 비켜 필요 없으니까 집이나 가" 휴.. 정말 하루하루가 눈치싸움의 전쟁 같았다. 그리고 아무래도 생명을 다루는 일이다 보니 실수가 용납되지 않고 긴박한 순간도 많다. 하지만 지금의 나는 열심히 훈련해 왔고 적응이 되었기 때문에 그리 힘든 생활은 지나갔다. 하지만 아직도 간호사들끼리의 기 싸움에 휘말려서 하루하루 조금씩은 스트레스를 쌓으며 살고 있다. 이뿐만 인가. 환자들은 항상 화가 난 것 같다. 나는 3차 대학병원에서 일하고 있어서 항상 너무 바쁘다 물론 나뿐만 바쁜 것이 아니라 병원의 모든 의사 간호사가 그렇다. 그런 와중에 환자들은 기다림에 지쳐서 괜히 지나가던 간호사들

에게 화풀이를 하며 상처 주는 말 한마디씩 던진다. "아니 저기요, 아가씨 나 언제 들어가?! 지금 삼 십 분 동안 기다렸어!!!!", "우리 애 이렇게 힘들어 하는 거 안보여요? 진짜 일을 하는 거야 마는 거야,,?", "반찬이 왜 이래?! 이거 먹고 힘이 나겠어?" 또 예약도 하지 않고 했다고 난리다.. 물론 이해는 한다. 나도 아플 때 내 맘대로 일이 풀리지 않으면 화가 났기 때문에 하지만 그래도 간호사는 정말 헬 직업이다. 물론 내가 선택한 길이고 좋아서 하는 것이다. 하지만 뭐 항상 이런 것은 아니다. 너무 힘들지만 우리에게 힘이 되는 환자들과 동료도 많다. "고맙습니다.", "덕분에 너무 잘 회복하고 가요 정말 감사했습니다." 너무 당연히 나의 일을 하는 것이지만 매 번 고맙다며 응원해주시고, 보답해주시는 환자분들과 또, 언제나 내 편이 되어 나와 협력해주는 동료들이 있어서 나는 후회하지 않고 지금의 나의 삶이 너무 보람차다고 느끼며 행복하다. 원래 자신이 좋아하고 가치를 느끼는 일을 할 때 가장 행복하고 플러스 알파 에너지를 얻는 것이 아니겠는가? 무엇보다 누군가에게 줄 수 있는 보람 있고 숭고한 직업이라는 생각을 가진다. 그 보람이 힘든 점들보단 더 컸기 때문에 별로 후회할만한 직업이라고 생각하지는 않는다.

용감한 시민!

나는 간호사인 친구 1명과 지금 헬스트레이너로 일하는 친구와 이렇게 세 명이서 함께 기사가 뜬 적이 있었다. 아직도 그때의 일은 잊을 수가 없다. 때는 2038년 1월 친구들과 함께 고속버스를 타고 강원도를 가고 있었다. 스키장을 가려고 하고 있었다. 짐도 많고 옷도 껴입어서 굉장히 둔한 상황이었고, 아침부터 일어나서 피곤했다. 그런데 가던 도중 도착시간을 얼마 남기지 않고 고속도로에서 사고가 났다. "꺅~ 뒷 자석에 불꽃이 피어나고 있어요!" 바로 버스에 문제가 생겨 버스 뒤쪽부터 화제가 나기 시작했던 것이다. 다행이 뒤쪽에는 사람이 없었고 거의 앞쪽에 있어서 사람들이 황급하게 버스를 세우고 물건을 챙겨서 탈출을 하려고 하고 있었는데 불길은 무서운 속도로 앞으로 점차 번져갔다. "거참 제가 먼저 좀 나갑시다. 여기 아이도 있는데;;" "할아버지 좀 빨리 움직이세요. 벌써 뒤로 뜨거워요!!!" "꺅 뜨거워ㅜㅜㅜ" 너무 산만하고 질서라고 찾아 볼 수 없었다. 아직 사람들이 다 나가지 못한 상황이라 다들 다급하게 탈출하려고 있어 다들 두렵고 무서웠나보다. 하지만 나는 앞쪽에 있었기 때문에 친구들과 함께 먼저 나왔는데 안의 사람들은 다들 두려워서인지 창문으로 뛰어 내리고 그랬다. 그때 어떤 할머니분이 나오시더니 그대로 쓰러졌다. 사람들은 너무 당황스럽고 놀라서 할머니를 살리기 위해 그쪽으로 달려들었다. 나는 너무 놀라서 어쩔 줄을 모르고 갈팡질팡하고 심폐소생술 조차 생각이 나지 않았다. 하지만 나는 간호사인 나를 믿었다. 그래서 배운 대로 침착하게 할머니의 호흡을 확인하고 심폐소생술을 시도했다. 사람들은 119를 부르고 있었다. 옷도 껴입고 답답

했는데 끝까지 할머니가 깨어나기를 바라며 눈물과 땀을 흘리면서
했다. 할머니가 깨어나지 않을까 봐, 내가 지금 잘못하는 것 일까 봐
두려웠다. 하지만 정말 다행히도 할머니는 심폐소생술을 시도한 지
단지 8분 만에 깨어났다. 너무 다행이었다. 그 와중에 버스 기사가 다
리가 끼여서 나오지 못하고 있었는데 용감한 내 친구들은 불길 속으
로 뛰어 들어가 힘을 모아서 기사님을 구해 밖으로 데려와서 가벼운
화상 치료를 시행하고 있었다. 이러한 과정들이 실시간으로 제보되
고 알고 보니 현직 간호사라는 사실이 알려지면서 엄청나게 빠르게
인터넷으로 퍼져나갔다. 그러면서 '시민 나이팅게일' 이라는 칭찬과
감동의 댓글이 엄청나게 많이 달렸다. 나와 친구들은 "그저 도울 수
있을 때 돕고 싶었을 뿐" "당연한 일을 했을 뿐" 이라며 최대한 겸손
하게 대답했고 사실은 너무 뿌듯했다. 할머니와 버스기사님, 그리고
등등 지켜보던 사람들은 "그분을 만난 건 정말 행운" "얼마나 고마운
지 말로 표현할 수가 없다"라며 너무 감사한 한마디 한마디를 해주셨
고 그날 피곤해서 스키는커녕 펜션에서 쉬기만 했지만 내 인생에 핵
심적인 점을 찍었던 날인 것 같다.

Epilogue

이 글을 쓰면서 제가 과거에 중요하게 생각했던 것과 제 추억들을 떠올려 봤습니다. 너무나도 많은 이야기가 있지만 다 녹여서 담아내기 어려웠고 저렇게 행복한 나날들 속에 나는 살고 있다는 것도 알아서 쓰는 내내 웃음이 나오고 행복했습니다. 여러분도 제 글을 읽으면서 비슷한 경험이 있으셔서 막 떠오르셨나요? 하지만 저는 미래를 생각하면서 더 웃음이 나왔습니다. 내가 과연 저렇게 멋지게 클 수 있을까? 나한테도 설마 저런 일이 일어날까? 너무 기대가 되면서 웃음이 실실 나왔습니다. 하지만 이렇게 쓴 이상 나는 정말로 이루고 싶었다. 모두에게 도움이 되는 사람이 되고 싶고 남부럽지 않은 인생을 살고 싶다는 생각이 마구마구 들었습니다. 더 멋진 나의 미래를 꿈꾸며 쓴 이 글들은 나만 간직하고 싶단 생각을 했지만 다른 사람도 내 글을 읽으면서 동기가 부여되고 힘이 되고 또 공감이 되며 여러분들도 저처럼 '아 나도 이렇게 내 미래를 꿈꿀 수 있구나'를 알았으면 좋겠다. 앞으로 남은 내 학창 시절의 일 년은 오직 내 미래를 발전시키기 위해 투자하고 더 열심히 살아야겠다는 생각을 하게 되었습니다. 나를 사랑해주시고 도와주신 부모님의 기대에 미치도록, 함께 이 길을 달려온 친구들과 같이 앞으로 더 나은 내가 되도록 다짐하는 계기가 되었고, 한 번 더 내 주변에 있었던 소중함을 느끼게 해주는 계기가 되었습니다.

우 리 들 의   이 야 기

루트 18, 끝나지 않은

끝까지
철없이 살기

곽유섭

14

곽유섭

나이	18세
키	178(근데 183까지 클 거임)
학력	대구중앙초등학교 대구동부중학교 졸업
좋아하는 것	농구, 축구
싫어하는 것	뒷담, 싹수
좌우명	끝까지 철없이 살기
장래희망	좋은 아빠

Prologue

자서전은 처음입니다. 큰 기대 안 하고 봐주셨으면 좋겠고, 생각보다 제 목이랑 크게 관련 있는 내용은 아니니까 보고 나서 욕하지 말아 주세요. ㅠ ㅠ. 또 에피소드마다 친밀감을 더해주고 싶을 때는 말하듯이, 단호하게 말 하고 싶을 때는 단정적 어조를 써가며 제 나름대로 신경을 썼습니다만, 처음이라 어색할 수도 있습니다. 넓은 아량으로 넘어가 주십시오. 아무튼 그렇고 사실 자서전을 쓰면서 '자서전'의 의미에 대해서 많이 생각해보게 됐는데요. 사실 자서전이라는 게 짧게 생각하면 그냥 '자신의 이야기'잖아요? 이게 틀린 건 아니고, 저도 자신의 이야기라고 생각되는 것들을 여기다 적었습니다. 그렇게 그냥 적다 보니 제 일기처럼 돼버리더라고요. 그렇습니다. 말이 길어졌지만 말하고자 하는 건 이겁니다. '자서전을 읽는다.'라고 해서 어렵게 생각할 게 아니라, 편하게, 남의 일기 보듯이, 남의 이야기 듣듯이, 지나가는 것처럼 보되, 그 과정에서 웃음을 얻은, 지혜를 얻은, 어떤 방식으로든 무언가를 얻으면 됩니다. 이것을 읽을 때, 그 무언가를 정해놓고, '아 어떤 것을 얻어야겠다.'라고 생각하지 않으셔도 됩니다. 책을 보고 난 후에 편안함을 느꼈다던가, 막말로 '아, 이렇게는 살면 안 되겠다.'라는 생각을 했어도, 어쨌든 그것도 무언가를 깨우친 거고 얻은 거잖아요? 아주 작은 겁니다. 아주 작은 것. 제 자서전, 거의 일기처럼 끄적이다시피 적어낸 자서전 몇 쪽을 읽고, 큰 감동을 하실 독자분들은 거의 없다고 생각합니다. 하지만 아주 작은 것이라도 이 책을 읽고 얻으시거나 깨달았다면 그걸로 이 책을 지은 사람은 행복할 겁니다. 서론이 많이 길어졌습니다. 이제 감상하실 차례입니다.

2020년 5월 19일 2시
여느 때처럼 농담과 화목함과 웃음이 피어나는 곳에서
18살까지 철들지 않기에 성공한 사람이

중학교

중학교 때 내가 진짜 사고를 많이 쳤어. 다시 적으라고 하면 적을 수는 있겠지만 여기에는 내가 그나마 좋게 기억되는 것만 적고 싶거든? 그래서 내가 사고 친 거는 최대한 조금만 적도록 할게.

나는 1학년 때 되게 좀 멋진 척하려고 일부러 막 선생님들 말씀도 안 듣고 일부러 대들고 개기고 했단 말이야. 그때 중이병 왔었어... 그 때 나를 보면 한 대 때리고 싶어. 그래도 그때는 나름 착해서 부모님 말씀 잘 듣고 공부도 잘했어. 평균 89점 나왔지. 크으. 그때가 내 리 즈시절이었어. 선생님들께서는 나보고 맨날 정신 좀 차리라고 하셨 지. 2학년 때도 뭐 성적 떨어진 것 빼곤 똑같은데... 아니 근데 2학 년 때는 솔직히 내 탓이 아니라 선생님들께서 하나같이 이상했었음. 진짜 나만 갈궜어. 그때는 내 나름대로 좋은 친구들도 많이 사귀고 했단 말이야? 근데 선생님들께서 나만 싫어했어. 뭐 예를 들어 체육 대회 때 내가 그냥 자리 없어서 친구 다리 위에 앉아 있었단 말이야? 근데 갑자기 나한테 선생님들께서 막 성적 행위를 형상화했다는 거 야!! 이게 말이야? 이건 내 탓이 아니야 진짜 그냥 자리가 없어서 그 랬다고! 그런데 그날 결국에는 교무실 가서 내가 왜 친구 다리에 앉 아서 체육대회를 보냈는지에 대한 경위서를 썼어. 와 진짜 그때 선생 님들께 있는 정 없는 정 다 떨어지더라. 그때부터 내가 선생님들이랑 거의 담을 쌓았지. 이런 거 엄청 많았는데 더 적으면 혼날 거 같아... ㅎㅎ. 3학년 때는 진짜 막 살았는데 그때 좀 안 좋은 친구들이랑도 많 이 놀고 해서 성적도 많이 떨어졌어. 엄마한테도 많이 혼났어. 그래서 엄마가 '한 번만 더 학교에서 전화 오면 그때는 진짜 화낼 거다.'라고 하셨어. 맨날 화냈으면서.. 아무튼 그래놓고 나서 또 나는 학교에서 사고를 쳤지. 그래서 나는 되게 바보 같지만 '내가 집으로 돌아가지 않으면 해결되지 않을까?'라는 생각을 했어. 진짜 바보 같지. 아무튼 그래서 그날 가출했어. 가출하고 나서 그날 8시쯤에 계속 정처 없이 걷다가 친구를 만났지. 그 친구 아니었으면 난 아마 지금 여기 있지도 않을 거야. 갑자기 나를 보더니,

"야! 니 여기서 뭐 하는데! 빨리 니 일로 와바라."

"…"

"뭐 하고 있는데. 빨리 와보라고. 니네 부모님이 지금 경찰서에서 신고하고 울고 계신다고."

가슴이 철렁 내려앉았다. 그토록 엄하시고 내 앞에서 눈물을 보이지 않던 부모님께서 나를 위해 울고 계신다. 그때 내 감정은 말로 형용할 수가 없어. 그 길로 나는 돈을 빌려 집으로 돌아갔어. 집에 가자 부모님은 집에 계셨지만, 나를 반겨주시지는 않으셨어. 나는 샤워를 하고 나서 부모님께 혼이 났어. 당연한 거지 뭐. 아무튼 나는 그때부터 정신을 차렸지. 절대로 가출 생각은 하지 않았어. 그때 그 친구한테 고맙고 또 고마워.

졸업

와, 내 고등학교 졸업식 때가 진짜 그냥 레전드였음. 왜 레전드인지 지금부터 알려드림.

"야 니는 졸업해도 술 못 마시지? 낄낄 빠른 04 극혐."

"아니 내가 04에 태어나고 싶어서 태어났냐 하, 힘들다. 나도."

응, 맞아. 나 04라서 2022년에도 술 못 마셨어. 화난다... 아무튼 나는 그렇게 친구들과 사진을 깡그리 찍고 나서 바로 피시방으로 직행하려고 했지. 근데 이게 웬걸? 내 앞에 내가 2년 동안 좋아해 왔던 여자애가 있는데? 얘랑 진짜 친구처럼 지냈는데 고백할 타이밍을 못 찾아서 졸업할 때까지 친구 사이임. '지금이야 지금!! 지금 아니면 후회해!!'라고 나는 생각했지.

"야, 니네 먼저 가라."

"잉? 오키. 나중에 피방 오셈."

나는 바로 그 여자애에게 달려갔다.

"야!"

"응? 뭐, 왜?"

".... 사진 찍자고"

"엥, 니가? 나랑 사진 찍게?"

"응. 찍게"

"흠... 뭐, 오키. 알겠음. 기다려봐. 자, 하나, 둘, 셋!"

'찰칵' 소리가 나고, 그 아이는 내게 사진을 보내준다고 했다. 와 여기서 놓치면 평생 후회 각, 인정? 어, 인정.

"야!"

"아 사진 보내준다니..."

"아니. 사진은 됐고, 나 너 좋아해."

정적이 흘렀고, 아이의 눈은 커졌다.

"뭐라고?"

"좋아한다고. 니."

"... 아니 근데 니 나한테 한 번도 그런 티 낸 적 없잖아. 맨날 만날 때도 페메할 때도 세상 친구처럼 대했잖아."

"응 맞아. 난 니 그 친구 같은 분위기가 좋아."

걔는 진짜 대놓고 고민했어. 고백받은 애가 아니라 원래 친하게 지냈을 때의 그 모습 그대로 말이지.

"좀 더 고민해도 돼."

"아니 나 지금 진짜 고민돼. 미치겠어. 니랑 멀어지기는 싫은데 니랑 사귀다가 헤어져서 멀어지면 어떡해?"

"음... 근데도 더 고민해야 돼? 난 너랑 안 헤어질 건데."

"흐이익. 이거 이거 능글맞은 거 봐. 이거 사귀지도 않았는데."

"거짓말."

"알긴 아네."

크으. 진짜 기분 끝내줬지. 그날 피시방 안 가고 둘이서 시내 갔어. 영화도 보고 무슨 VR 카페? 자기 하고 싶은 거 다 하던데. 얘랑 어떻게 됐는지는 뒤에도 써놨으니 끝까지 봐.

친구들과 일본 여행

나는 친구들이랑 노는 걸 진짜 좋아해! 그래서 성인 되면 꼭 하고 싶었던 게 친구들이랑 해외여행 가는 거야! 어디든 가고 싶었어. 진짜 어디든 뭐 서울도 제주도도 다 괜찮아. 근데 막 스무 살이 된 이때는 친구들이 아르바이트도 뛰고 뭐도 하고 뭐도 해서 돈을 다 모았어. 돈이 많지는 않아서 우린 이때 일본으로 갔어.

저녁에 오사카로 가는 비행기 중에 제일 싼 비행기를 골랐지. 어차피 도착한 당일은 힘 빠져서 제대로 놀지도 못해. 아무튼 제일 싼 비행기여서 비행기가 엄청 좋진 않았어. 그래도 나름 기내식도 맛있었고, 생각보다는 잘 돼 있었어. 어찌 됐든 우리는 일본에 도착했지. 호텔에다가 짐을 놔두고, 딱히 할 거 없잖아? 우리 돈 별로 없어. 호텔이 그다지 좋은 호텔도 아니고, 그냥 잤지 뭐. 체력 비축을 위해서야. 체력 비축! 다음날은 꼭 일찍 일어날 거라고 다짐하면서 잤지.

다음날에 7시에 깼어. 엄청 빨리 깬 건 아니지만 뭐 적당하게 깼지. 근데 딱히 정해진 게 없잖아? 우리 원래 계획 안 세우고 일단 떠나보는 스타일이야. 어쨌든 우리는 걸었지. ㅋㅋㅋㅋㅋㅋㅋ. 그냥 걸었어. 진짜 아무 생각 없이. 내가 옛날에 가족들이랑 몇 번 와보긴 했는데 그게 기억이 나야지 말이야. 근데 있지? 아무리 그래도 우린 외국에 나와 있는 상태잖아. 뭐라도 한국이랑 좀 다르게 놀아야 하지 않겠어? 이래선 안 되겠다 싶었지. 원래는 한 삼 일째 되는 날에 가려고 했던 유니버설 스튜디오! 거기로 바로 갔지.

오사카 역으로 일단 가서 유니버설 스튜디오 역까지 기차를 타고, 표를 끊어야 하는데.. 익스프레스권이 좀 프리 패스 같은 거라서 좀

많이 비싸거든? 그래도 이왕 온 거 제대로 즐겨야 하지 않겠냐? 하면서 내가 익스프레스 끊어달라고 했지. 결론적으로 그건 좋은 선택이었다 이 말이야!

사람들 다 줄 서서 기다리는데 우리는 계속 앞에서 먼저 좋은 거 체험했지. 죠스랑 쥐라기 파크 라이더에 먼저 갔는데 여기 둘은 진짜 물로 옷 다 버렸지. 그래도 재밌었으니 옷 한 벌 버리는 정도야. 아깝지는 않더라. 그다음엔 스파이더맨! 3D로 계속 눈에 자극적인 게 들어오는 게 아주 만족스러웠다. 역시 그래도 유니버설 스튜디오에 왔는데 미니언즈 안 보고 가기 섭섭하지. 미니언즈 퍼레이드에 갔는데 뭔가 우리가 직접 참여하는 게 없어서 조금 아쉽긴 했어. 명성에 비해 엄청 재밌진 않더라.

그리고.. 드디어 해리포터!! 해리 포터 테마존으로 갔지. 일부러 저녁에 잡아놨어. 미리 보면 김빠질까 봐. 역시 해리 포터는 실망을 안 시켜. 딱 들어가자마자 해리 포터 메인 BGM 나오는 게 감동의 쓰나미가 쫙~ 호그와트 성과 마법의 가게들이 한번 다시 쫙~ 진짜 그때 그 감동은 잊을 수가 없어. 그 뒤에 해리포터 포비든 저니, 플라이트 오브 더 히포그리프 등등 해리 포터 물을 싹 섭렵하고 나니까 어둑어둑 해지더라. 해가 질 때 시작되는 퍼레이드까지 싹 다 보고 나니까 저녁 먹을 시간이어서, 거기서 비싼 돈 주고 비싼 밥 먹고 나왔어. 물론 그 다음날 엄청 후회하긴 했지만 지금 생각해보니까 꽤 괜찮은 선택이었던 것 같아.

여행 간 것 중에 이때가 제일 인상 깊어서 이렇게 집중적으로 쓰게 됐어. 나중에 또 쓸 기회가 있으면 다시 써볼게!

결혼

나는 이 아름다운 사람과 결혼을 하게 됐어. 앞서 말했던 그 사람이야. 정말 길었던 연애 기간이었는데, 많이 다투고, 그렇지만 행복했고 많이 고마웠고 또 많이 미안했던 10년이었어. 결혼식 날, 나는 어릴 적 친구들도 오랜만에 만나게 됐어.

"야~ 니 진짜 오랜만이다. 잘 지냈나? 하기야 저래 이쁜 아내를 구했으니 뭐 안 봐도 잘 지냈겠네."

"그치? 어디 하나 빠지는 데가 없어. 백옥 같은 피부에, 아름다운 얼굴, 바다 같은 마음..."

"알았다, 알았어. 주책은. 그건 그렇고 곧 신랑 입장이야. 준비해!"

친구들과 짧은 인사를 마치고, 조금 후 신랑 입장을 외치는 주례 소리가 들렸다. 나는 담담하게 걸었다. 곧이어 이 식의 주인공이 입장하는데, 여태 내가 본 아내의 모습 중 가장 아름다웠다. 처음 봤을 때처럼, 처음 고백했을 때처럼, 가슴이 마구 뛰었다. 아내는 그런 날보며 놀란 듯했지만 이내 싱긋 웃어주었다. 그 후에는 나와 아내가맞절을 했는데, 근엄하고 진지한 모습의 아내는 정말 적응이 안 됐어. 원래 오글거리는 거 엄청 싫어하는데, 그렇게 진지하게 임하는거 보면 귀엽기도 하고 자랑스럽기도 하고 뿌듯했어. 그다음엔 주례사 선생님이 혼인 서약을 낭독해 주시는데..

"신랑은 아무리 어려운 고난이 다가오더라도 언제나 신부를 사랑하며 아껴주고 지켜줄 것을 맹세합니까?"

으으. 다시 봐도 오글거려. 오글거리니까 꼭 연습하고 들어가 저기서 오글거리는 표정 지으면 절대 안 돼. 양쪽 부모님께 절을 한 번씩

올리고 나서, 아내의 친구들이 축가를 불러주었는데, 친구들의 모습이 어색하고 웃긴지 자꾸만 웃음을 터뜨리는 아내의 모습이 무척 귀여웠어. 보고 있는데 행복해지더라. 축가가 끝나고 다시 부모님께 인사를 드렸지. 입장했던 단을 따라서 행진하라고 하더라고. 수많은 사람들의 박수소리 속에, 희미한 웃음을 짓는 아내는 너무 아름다웠어. 내가 이때 기억을 아직도 잊지 못하는 이유야.

Epilogue

서문에서 자서전을 쓰면서 많은 생각을 했다고 했습니다. 제 삶을 어떻게 꾸밀지도 생각했고, 제 삶이 어땠는지도 회상해 봤습니다. 아무것도 몰랐던 과거에 비해서 정신을 차리고 많이 성장했다고 생각했지만, 제가 원하는 미래를 이뤄내기 위해서는 여전히 턱없이 부족한 자신의 모습을 보며, 내면적으로나 외면적으로나 더 발전해야겠다는 생각을 했습니다. 앞으로 더 노력하는 사람이 되도록 하겠습니다.

마지막으로 이런 좋은 기회를 만들어주신 선생님들께 감사하고, 철없는 아이가 고등학생으로 클 때까지 같이 있어 준, 또 성인이 될 때까지 옆에 있어준 친구들한테 감사하고, 키워주고 아껴주신 부모님께 감사하고, 이 책을 읽어주신 독자님들께도 감사합니다.

2020년 7월 24일,
부모님의 잔소리와 함께
여전히 철없고 행복한 사람이

우리들의 이야기

루트 18, 끝나지 않은

내 나이
18세
– 어쩌다보니 이만큼 살았다

김수빈

15

김수빈

나이   18세

취미   노래 듣고 따라 부르기, 모창하기,
          디스 랩 따라 하기(제일 자신 있음)

특기   되도 않는 연기실력으로 스카이 캐슬 대사 치기

Prologue

책에 본격적으로 들어가기에 앞서 분명히 밝힌다. 이 책은 절대적으로 나에 관한 이야기로, 쓸데없는 TMI가 굉장히 많을 예정이다. 주의해 주길 바란다.

책은 내 삶의 미래-과거의 이야기를 교차시켜 구성시켰다. 순서 또한 시간의 흐름대로 나열했다. 이 점을 알고 읽는다면 좀 더 몰입할 수 있을 것이라 생각한다.

나름대로 열심히 썼으나 원래 글 솜씨가 없는 관계로 흥미가 없는 것이 당연하다. 그러니 기대는 바닥으로 낮추고 글을 읽어주길 바란다.

+ 중간중간 오글거리는 부분들이 있을 수도 있으니 이 점 주의하고 읽어야 할 듯하다. 수정해보려고 노력은 했지만 포기했다.

하늘을 나는 고래

그날은 유난히 더운 날이었던 것 같다. 하늘에 먹구름 한 점 없이, 새파랗던 하늘이 예쁜 날이었던 것 같다. 하지만 노란 체육복을 입고 집에 돌아왔을 땐 들떠있었다. 깐깐하던 담임선생님께 칭찬을 받아 기분이 좋았고, 부모님께 어서 자랑하고 싶었다. 그리고 땀에 젖은 손으로 문을 열 때, 알 수 없는 쎄함이 손을 타고 오던 것이 떠오른다.

20140416, 5학년 수요일. 아직도 잊히지 않는 그 날짜는 몇 달간 뉴스에 나왔다. 평소였으면 집에 돌아오는 것을 반겨줬을 엄마가 그날은 울고 있었고, TV에선 점점 가라앉는 배를 띄워주었다. 겨우 입만 남기고 가파르게 숨을 쉬는 물고기 같았다. 물을 무서워하던 내 숨마저도 텁텁 막히는 느낌이었다. 엄마는 쉽게 울음을 그치지 못했고, 엄마의 설명을 듣던 나까지도 울음을 멈추지 못했다.

"수빈아. 얼마나 불쌍하니."

엄마가 그렇게 말했다. 딱히 다른 말을 하지 않았고, 딱히 다른 말을 할 수 없었다. 목이 메어서인지 엄마는 말을 잇지 않았다. 대신 뉴스에서 그것들을 설명했다. 수학여행을 가기 위해 배에 탔는데, 자동차와 다른 짐들을 무리하게 많이 실었다고 했다. 그래서 방향을 바꾸려다 그대로 배가 고꾸라졌다고 했다. 그때 내 눈에 들어온 화면 속 하늘은 어두컴컴한 먹구름이 끼여 있었다. 그렇게 설쳐대던 어린 난 그날만은 조용히 입 다물고 있었다.

그날 이후 한동안 아이들의 프로필 사진이 전부 노란색 리본이던 것이 기억난다. 단원고학생의 부모님이 적은 짧은 글이 인터넷에서 유명해졌던 것이 떠오른다. 다른 아이를 구하느라 돌아가신 선생님의

사진도 돌아다녔다. 하늘엔 그날 배 아래를 맴돌았을 커다란 고래가
떠 있었다. 주황빛으로 반짝이는 촛불들과 함께 하늘을 나는 고래는,
이번이 처음이자 마지막이길 바랐다.

투 미

고등학교 2학년 무렵부터 다이어리를 써왔다. 매일 쓰려고 다짐하던 것이 수능이 끝나자마자 뚝 끊겨버리기는 했으나 나름 내 보물이었다. 혹시 먼지라도 앉을까 꼼꼼히 닦고, 구겨진 종이는 하나하나 펼 만큼의 보물을 의미하는 것이 아니었다. 쓸 당시에는 아무 생각 없이 쓰던 것이 이제 와 훑어보니 참 '위안이 된다.' 언젠가 이 한마디가 나올 날을 위해 묵혀두는 작디작은 보물들이었다.

그리고 오늘이 그날이었다.

어른이 되면 별거 아닐 거라 생각하던 것들이 내 생각보다 훨씬 더 거대했다. 마냥 편할 줄 알던 것들이 나를 더 힘들게 하는 게 많았다. 원래 눈물이 많았던 나는 어른이 되어선 울음을 참았다. 그래도 속앓이를 했단 건 다를 바가 없었다.

남들 보기에 작은 성과 하나를 위해 몇 년을 노력했다. 작은 오차 하나로 결과가 다르게 측정돼, 실험을 처음부터 다시 실행했다. 그렇게 하루 종일 연구만 하다 집에 오면 벌써 10시가 넘어있었다. 다른 가족들은 전부 자고 있었다. 집 안은 조용하다 못해 내 숨소리가 들렸다.

나는 정말 갑자기, 뇌리를 스쳐 지나간 책 한 권을 붙잡았다.

"그건 왜 가져가. 그렇게 중요한 거야?"

"그냥. 있으면 좋고, 없어도 상관없는데,"

나는 잠시 망설였었다. 두 손에 든 다이어리는 너덜 해져있었다. 나는 그것들을 말없이 바라보았다.

"그냥 가져갈게요. 언젠가는 쓰겠지."

이사 올 때 온전히 가져와 놓고선 한 번도 읽지 않던 것이, 왜 갑자기 생각난 건진 아직도 알 수 없다. 어찌 되었건 난 기분전환을 위해서라도 무언가를 해야 한다고 생각했다. 그래서 아주 어릴 때 쓴 일기장을 보는 것처럼, 이야기 하나하나 자세히 읽어보았다.

그 작은 다이어리는 건망증 심한 내 기억을 하나씩 들추었다. '이때는 이런 일이 있었지', '이래서 재미있던 적도 있었지'하는 생각들로 웃기도 하고, '이런 일에 저렇게 대처했구나 난', '그럼 지금 나는 어떻게 행동할까', 하는 생각들에 잠기기도 했다. 겹겹이 쌓인 눈꺼풀로 집 안을 둘러봤을 땐 새벽빛이 살 짝씩 들어오고 있었다. 그렇게 읽다 보니 벌써 밤이 다 가 있었다. 그 사실을 깨닫고 나서부턴 피곤해지기 시작했다. 하지만 그걸 고려해도, 꽤 괜찮은 경험이었다. 우선 앞으로도 다이어리를 쭉 쓰겠단 다짐을 하게 되었으니 나름 보람 있는 행동 아니겠는가.

그래서 나는 지금, 오늘 있던 일을 쓴다. 힘들던 오늘보다 더 힘겨운 하루가 지나갔을 때, 그때는 이번 다이어리를 보고 내가 기운 내기를 바란다. 내가 나에게, 네가 나에게.

어른 말씀

어릴 때는 자전거가 취미였는데, 움직이길 좋아했던 그때는 (지금 이랑은 다르게) 앞집에 살던 사촌들과 매일 자전거를 타고 다녔다. 아파트 단지를 수십 바퀴 돌 때도 있었고, 드물지만 길가로 끌고 나가 바람을 맞을 때도 있었다. 어쨌거나 내가 자전거를 타는 거 자체를 좋아했던 건 분명했다. 지금 생각해보면 그게 문제였다.

5학년 늦봄 무렵이었다. 반바지를 입은 사람은 몇 없었지만 그렇다고 긴 바지를 입기엔 후덥지근한, 그런 애매한 날씨였다. 생각해보니 이건 날씨 탓도 있네.

"자전거 타니까 긴 바지 입어라. 다치기라도 하면 옷 입은 거랑 안 입은 게 얼마나 차이가 나는데."

나는 워낙 더위를 많이 타는 체질이기 때문에 답답한 건 질색이었다. 그래서 엄마가 그렇게 얘길 하셨는데도 억지를 부려 짧은 바지를 입고 공원에 갔다.

공원의 바닥은 매끄러운 아스팔트가 아니라 군데군데 돌멩이가 튀어나온 흙바닥이었다. 물론 아스팔트여도 이런 일이 일어났긴 했겠지만, 좀 더 아픈 것도 사실이었다.

부모님이 앉아계신 벤치는 내가 다니던 길보다 좀 더 높은 지대에 있었다. 내가 거길 올라가려면 자전거를 한 번 멈추고 방향을 돌렸어야 했다. 근데 바보같이 속도가 빨라 좋다며 그대로 직진했다. 다시 생각해도 멍청한 거 같다. 그 속도로 가니까, 당연하게도 돌부리에 걸려서 시원하게 바닥에 갈았다. 그렇게 겨우 입은 반바지 때문에 무릎이란 무릎은 다 까이고 팔꿈치도 까였다. 난 내 몸에 피가 그렇게 많은 줄은 그날 처음 알았다. 살에 구멍 난 건가 싶을 만큼 분수처럼 피가 안 멈추는데, 아픈 와중에도 신기해서 자꾸 보던 게 기억난다. 어쨌거나 급한 대로 수돗물로 소독했는데, 정말 거짓말 하나 안 하고, 난 내가 고문당하는 줄 알았다. 아마 내가 중요한 사건을 알고 있는 국가비밀 요원이었다면 한 대 맞자마자 아는 정보 술술 불었을 거다.

그 일이 있은 후 엄마는 자전거는 보기도 싫다며 고물상에 곧바로 팔아버렸다. 나는 곧바로 다가온 여름을 미라처럼 왼쪽 팔과 다리에 붕대를 칭칭 감고 있었고, 거의 매일 병원에 간 기억이 난다. 이게 12살 때 일어난 일인데 아직도 흉터가 없어지지 않는 걸 보면 아마 평생 갈 것 같다.

솔직히 이 기억을 떠올릴 때마다 생각하는 건 하나뿐이다. 내가 좀 더 조심할걸, 안전하게 놀았어야 했는데, 그런 것보다야, '아 씨, 엄마 말 좀 들을걸' 하는 거 하나. 그냥 그런 생각이 든다. 이래서 어른 말 틀린 게 없다고 하는 건가.

Epilogue

이렇다 할 특기도, 취미도 없이 삭막하게 살아간다고 생각한 나에게 있어서 유일한 휴식처가 되는 행위는 바로 글쓰기였다. 내가 가장 재미와 보람을 느끼는 게 글을 쓰는 것이었지만, 말을 하자니 창피하고 부끄러워서 그냥 입 다물고 살았다. 그런데 이번에 정당하게 글을 쓸 기회를 얻은 것이 그렇게 기쁠 수가 없었다. 그 내용이 내게 일어났던 진실된 이야기이든, 앞으로 일어날지 아닐지도 모르는 허구의 이야기든. 이야기를 써 내려가는 것만으로도 보람과 즐거움을 느꼈고, 그거면 충분하다고 생각한다. 내가 지은 제목처럼 내 나이가 18세인데 겨우 18살에게 잘 지은 책을 바라는 것은 무리일 것 같다 느낀다. 그래도 최고가 안되면 최선을 노려야 하는 게 사람 도리이지 않겠나 싶다. 그에 따라 정말 최선을 다해 문장을 써내려갔던 것 같다. 특히 미래의 이야기들에 치중했다. 사람 일은 어찌될지 모르는 거니까, 정말 이런 일이 생길 수도 있지 않을까, 하는 생각에 더 열심히 써졌던 것 같다. 이 이야기대로 흘러가길 바라며, 더 노력하며 삶을 살아야겠다는 생각도 있었다.

과거편을 쓰면서는, 내가 앞으로도 내게 일어났던 일들을 한 번씩 회상해보는 것도 좋겠다 싶었다. 개인적으로 과거에 내가 겪은 경험을 떠올리니 자존감 회복에 도움이 되는 기분이었다. 내가 지금 내 모습에 자신이 없어도 나는 이런 일까지 겪은 사람이다, 내가 할 수 없는 것은 없다, 등등. 과정은 비상식적일 수 있어도 결과적으로 '나'라는 사람에 더 진실되게 다가갈 수 있는 것 같다. 이번에 자서전을 쓰며 그 기분을 크게 느꼈다.

이런 경험이 흔하지 않다는 것을 생각해도, 이번 책쓰기가 마냥 즐거운 것도 아니었다. 그 당시 내가 느낀 감정과 생각을 어떻게 해야 잘 전달할 수 있을지를 고민하기도 했고, 어떤 경험을 보여줘야 나라는 사람을 잘 드러 낼 수 있을까도 고심했다. 하지만 어찌 되었든 그런 과정을 거쳐 만들어진 나만의 자서전이라는 건 뿌듯함이 더 컸다. 아마 이런 경험이 한 번 더 있다 면 난 또 같은 과정을 거치지 않을까? 다시 한번 내 과거를 살피고, 글을 쓰 는 것에 어려움을 느끼고, 만들어진 결과물에 미소 짓고. 그럴 수밖에 없을 것 같다. 이미 한 번 매료됐으니까!

우리들의 이야기

루트 18, 끝나지 않은

18살의 내가
간직하고 있는
나의 추억 이야기

양다운

양다운

학력	대구 동문고등학교 재학생
생년월일	2003. 3. 14.
취미	책 읽기, 오늘의 운세 찾아보기
좋아하는 것	리락쿠마, 애니메이션, 도서관이나 서점 방문하기, 음악 들으면서 글쓰기, 고양이
싫어하는 것	노래 부르기(완벽한 음치, 박치), 벌레

Prologue

글을 쓰게 된 이유는 학교 수업 시간에 했던 '자소서 쓰기'라는 수행평가를 하게 되면서이다. 자소서란 자기소개서의 줄임말로 나의 생각과 경험에 대해서 서술하는 글이다. 즉, 그 어떤 글보다 나 자신을 잘 표현할 수 있고, 나의 생각을 남에게 보다 효과적으로 보여줄 수 있는 글인 것이다. 자소서를 쓰기 위해서는 그 무엇보다 나 자신에 대해서 잘 알아야 하는데 그것은 굉장히 어려운 일이라고 나는 생각한다. 원래 사람들은 남에 대한 평가와 관찰을 잘 하면서도 자기 자신에 대해서는 제대로 이해하지 못하는 경우가 많다. 나 역시, 타인의 기분에 대해서는 잘 살피면서도 막상 내 기분과 내 생각, 내 마음을 제대로 바라본 적이 없었던 거 같다. 그래서 이번 자소서를 쓰게 되면서 나의 추억 속에서 나에게 있었던 사건과 그 사건 당시의 내 기분과 내 생각에 대해서 다시 생각해보고 정리해보는 시간을 가졌다. 그리고 그 추억을 공유하는 사람들과 이야기를 나누고 그때의 상황에 대해서 웃고 떠들기도 하였다. 그랬더니, 지금까지 나조차 몰랐던 나의 행동과 말투 등의 진짜 나의 모습을 보게 되었고, 나에게 좀 더 가까워졌다는 생각이 든다. 이 글을 읽게 되는 누군가가 내가 쓴 글을 보고 자기 자신에 대해서 좀 더 생각해 보는 기회를 가졌으면 좋겠다는 마음으로 이 글을 쓴다. 누구나가 소중히 여기는 추억의 기준은 다르겠지만 적어도 이 기회에 그 추억에 대해서 다시 한 번 더 생각해보고 그 추억에 관련된 사람들과 나누어 보기를 추천한다.

[추억의 시간을 다시 기억하기를 바란다.]

피자 먹을 때에는 콜라 한 잔이 딱이야!

중학교 1학년 때에 있었던 일이다. 그날은 매우 더웠던 한여름이었다. 무더운 열기에 온몸이 땀 투성이였고, 사람 많은 버스에서 힘겹게 집으로 가던 길에 시원한 음료 한 잔이 간절히 생각났다. 오후 5시쯤에 집에 도착하자 현관문을 여니 언니가 틀어놓았던 시원한 에어컨 바람이 내 피부에 닿자 굉장히 기분이 좋아졌다. 도착하자마자 샤워를 하고 교복에서 잠옷을 갈아입고 소파에 누워있으니 천국이 따로 없었다. 1시간 정도 아무 생각도 없이 TV만을 보고 있었는데 언니가 내게로 다가와 내 허벅지를 손바닥으로 찰싹 치면서 "야, 오늘 저녁에 뭐 먹을래?"라고 물었다. 나는 곰곰이 고민하면서 "비빔냉면!"이라고 말했지만, 우리 언니는 "피자 시켰어, 스파게티랑 콜라도 시켰음."이라고 답했다. '아니, 어차피 자기 마음대로 할 거면서 내 의견은 왜 물어본건데?'라는 생각과 함께 이 말이 목구멍까지 올라왔지만 평화를 위해 입 밖으로 꺼내지는 않았다. 잠시 후 할머니가 나갔다가 들어오셨고, 우리는 배달 온 피자를 먹기 위해 준비를 했다. 모든 세팅이 마치고 피자를 한입 베어 물었는데, 할머니께서 목이 너무 마르시다고 콜라를 따라달라고 말씀하셨다. 나는 할머니 말씀에 콜라의 뚜껑을 열기 위해 힘을 줬지만 내 손만 빨개지고, 뚜껑은 열리지 않았다. 보다 못한 언니가 "이런 거는 불에 살짝 지지면 잘 열려, 이 멍충아!"라면서 내 손에 있던 콜라를 빼어가 가스레인지 앞에서 가스 불을 껐다. 나는 '언니가 알아서 잘하겠지.'라는 생각에 할머니와 함께 피자를 먹었는데, 순간 부엌 쪽에서 "뻥!!!"이라는 커다란 소리가 들려왔다. 놀라서 뒤를 돌아보니 언니가 들고 있던 콜라가다 터져버린 것이다. 나는 너무 어이가 없어져 버렸다. 심지어 콜라의 사이즈가 1.5L짜리 대용량이었는데, 콜라가 터지면서 주방의 벽이며, 바닥, 가스레인지, 싱크대 심지어 천장까지 콜라 범벅이 되었다. 대체 어떻게 하면 콜라가 터져서 이런 상태까지 오는 것일까?라는 생각을 하면서 한심한 표정으로 언니를 쳐다보니 언니는 머쓱했는지, 마트에서 콜라를 사 오겠다고 지갑을 챙겨 밖으로 나갔다. "아니!!! 이건 치우고 가야지!!!!!"라는 나의 외침은 언니에게 닿지 않았고, 결국 나와 할머니가 휴지와 걸레, 물티슈를 이용해 콜라로 뒤덮인 주방을 청소하였다. 한 5분쯤 열심히 닦으니 거의 다 수습이 되었다. 다 닦자마자 언니가 들어왔고, 미안하다면서 1.5L 콜라와 과자, 아이스크림 등이 들어있는 비닐봉지를 흔들었다. 언니는 할머니에게 등짝을 한 대 맞았고, 나는 스파게티를 포크로 돌돌 말아서 입에 넣었다. 내가 오늘 금요일이라서, 기분이 좋아서 참는 거지만 만약 월요일이었다면, 그날은 전쟁이었을 것이다.

목욕탕 실종 사건

　나는 목욕탕에 가는 것을 좋아한다. 커다란 탕도 좋고 따끈한 찜질방도 거기서 마시는 차가운 커피와 미숫가루도 구운 계란도 정말 정말 좋아한다. 그날은 추석 전날이었다. 집에서 청소와 차례 음식을 준비하고 온 가족이 다 같이 팔공산에 있는 목욕탕으로 차를 타고 갔다. 우리 집에서 그 목욕탕은 1시간 가까이 걸리지만 그곳이 물 좋고, 공기 좋고, 그리고 그 근처에 맛집도 많기 때문에 저녁도 먹을 생각에 그곳에 가기로 결정했다. 저녁으로 오리불고기와 공깃밥을 먹고 목욕탕 앞에서 1층 로비에서 헤어졌다. 나와 언니, 엄마, 할머니와 함께 옷을 갈아입고 들고 온 목욕 바구니를 챙겨 안으로 들어갔다. 추석 전날이라서 그런지 사람들이 굉장히 많았고, 여기저기에서 아이들이 시끄럽게 뛰어놀고 있었다. "저러다 넘어지면 어떡하지?"라고 말하자마자 무서운 타이밍으로 그중 한 아이가 넘어졌다. 다행히 머리로 넘어지지는 않았지만 아이는 굉장히 놀랐고, 커다란 울음소리에 그 아이의 어머니가 놀란 표정으로 다가왔다. 크게 다치지 않아서 정말 다행이었다. 그 일이 있고 난 뒤, 몸을 깨끗이 씻고 난 뒤 다 같이 밖에 위치한 노천탕에 들어갔다. 이 목욕탕을 가장 좋아하는 이유가 바로 이 노천탕이었는데, 따뜻한 물에 머리만 내놓고 있으면 시원한 바람과 따뜻한 물을 동시에 즐길 수가 있어 피로 회복에는 최고였다. 노천탕에 10분 정도 다 같이 들어와 있다가 할머니와 엄마는 사우나를 즐기기 위해 안으로 들어가셨고, 언니와 내가 남았는데 언니도 "야, 나도 들어간다."라는 말을 남기고 안으로 들어가 버렸다. 홀로 탕을 즐기다가 밖에 위치한 황토 방이 눈에 들어왔다. 한 번도 들어가 본 적이 없지만 문 위에 위치한 온도계에는 35도라고 표시되어 있었다. 호기심에 들어가 봤는데 생각보다 많이 뜨겁지도 미지근하지도 않는 딱 좋은 온도였다. 게다가 안에는 아무도 없었기에 조용해서 잠들기에 최적이었다. 10분만 잘 생각으로 목침을 베고 눈을 감고 잠에 들었다. 사람들이 들어오는 소리에 잠에서 일어났고, 기분 좋게 밖으로 나갔는데 엄마가 걱정스러운 표정으로 내 어깨를 잡으면서 "대체 어디 있었어? 1시간 동안 안 보여서 얼마나 걱정한 줄 알아?"라며 큰소리로 말씀하셨다. 엄마 말에 놀라 시계를 보니 정말 1시간이 지나가 있었다. 분명 7시 10분 정도에 들어왔는데 어느덧 8시 15분이 되어가고 있었다. 엄마의 손에 이끌려 안으로 들어가니 언니와 할머니가 내 등짝을 때리면서 깜짝 놀랐다면서 크게 소리를 쳤다. 결국 한동안 잔소리를 듣게 되었고, 걱정시킨 벌로 음료수 심부름까지 가게 되었다. 엄마는 만약 내가 큰일이 생긴 줄 알고 놀랐다고 했지만, '이 산골짝에 있는 목욕탕에서 18살 고등학생에게 무슨 일이 생길 리가 없다.'라면서 툴툴거렸지만, 한편으로는 죄송스러웠다. 계속 잔소리를 들으면서 때를 밀었고, 모두 다 씻고 나서 약속 시간에 아빠를 만나러 들어갔다. 엄마는 오늘 있었던 일은 아빠에게 말씀하셨고, 아빠마저 잔소리를 하셨다. 일주일짜리 잔소리를 하루에 다 들어서 귀에는 피가 날 지경이었다.

끊어내기 위한 용기

　내가 초등학교 4학년 때, 나는 한 여자아이 때문에 마음고생을 했었다. 처음에는 그저 같은 반에 있는 아이들 중 한 명이었고, 딱히 말하는 사이도 아니었고, 그렇다고 싫어하는 사이도 아니었다. 나는 나대로 친한 친구가 따로 있었고, 그 아이도 그 아이대로 친한 친구가 있었기에 굳이 말할 필요도 없었다. 그런데 어느 날, 평소 특별한 일이 없으면 말을 걸지 않던 애가 갑자기 나에게 친근하게 말을 걸었다. 그 모습이 매우 낯설었고, 불편했지만 나름 열심히 대답을 해주었는데, 대뜸 그 애가 나보고 친구를 하자고 하는 것이었다. 물론 친구를 하자라는 것이 나쁘지는 않지만 평소 얼굴 보면 인사 정도 하는 관계이고, 그 아이에게는 언제나 같이 다니는 무리가 있었기에 의아하다고 생각했다. 그래서 나는 "왜 갑자기 나와 친구를 하자는 거야? 너랑 같이 다니는 애들은?"이라고 물었고, 그 아이는 태연하게 "아, 걔들이랑은 절교했어. 이제 친구 아니야."라고 답하는데, 너무나도 태연하게 말해 오히려 내가 당황하였다. 그 뒤로 그 아이와 종종 이야기도 나누고 점심도 같이 먹으면서 친한 친구로 발전하였는데, '왜 절교했어?'라는 내 질문에는 원래 친하게 지내던 아이들이 어느 순간에 자신을 따돌리기 시작했기에 절교했다고 대답하였다. 그 말에 그 아이가 안쓰럽다는 생각이 들었고, 더더욱 많은 시간을 보내기로 결심하였다.

　하지만 그 아이와 친해지면서 내 일상의 변화가 생겨버렸다. 나는 원래 거절을 잘 못하는 성격인데, 특히 그 아이의 부탁을 거절하지 못하였고, 모든 부탁을 다 들어주고 있었던 것이었다. 준비물을 빌려주거나, 청소 당번을 대신해주는 것은 기본이었고, 때로는 내가 한 숙제까지 보여주기도 하였다. 가끔은 1000원이나 2000원씩 빌려주기도 하였는데, 빌려준 물건이나 돈을 제대로 받은 적은 거의 없는 거 같았다. 처음에는 괜찮았었는데 점점 금액이 늘어가고 빌리는 빈도수가 증가하고 있었다. 그래서 몇 번 돌려달라고 말을 꺼내어 봤지만 돌아온 대답은 "미안, 잃어버렸어." 나 "미안, 다음에는 꼭 줄게."였다.

그래도 사과라도 하면 다행이었다. 어느 순간부터는 나에게 묻지도 않고 내 필통이나 내 가방에서 물건을 가져갔고, 돌려주지 않는 것이 당연하게 되어버렸다. 너무 억울하고 짜증이 났지만 표현을 잘 못하는 성격이었기에 그저 '언젠가는 다 돌려주겠지…'라는 생각을 가지고 꾹 참고 있었는데, 이런 내 인내심은 한 사건을 통해 폭발하고 말았다.

내가 학교에 실로 된 팔찌를 하고 온 적이 있었는데, 그걸 본 친구가 "이 팔찌 이쁘다. 나 일주일만 빌려주면 안 돼? 현장체험 학습 끝나고 나면 돌려줄게."라고 부탁하였다. 아끼는 팔찌라서 속으로는 빌려주고 싶지 않았지만 일주일에 돌려주기로 약속을 하고 난 뒤 나는 그 팔찌를 빌려주었다. 현장체험 학습을 가는 당일에 나는 일부러 그 아이를 피해 다른 친구와 버스에 탑승하였고, 그 아이는 기분 나쁜 표정으로 나를 쳐다보고 있었다. 팔에는 내가 빌려준 팔찌를 착용한 채로.

현장체험을 하면서 나는 일부러 그 애를 피해 다녔고, 원래 나와 친했던 친구들과 도시락도 먹고, 이야기도 나누면서 즐거운 시간을 보냈다. 그리고 현장 체험학습이 끝난 후 나는 그 애에게 팔찌를 돌려달라고 말을 꺼냈는데,

"미안, 그 팔찌 내 동생이 가지고 놀다가 끊어져 버렸어. 어차피 그렇게 비싼 거는 아니잖아. 내가 나중에 다른 걸로 하나 선물해 줄게."

너무 어이가 없어서 말이 안 나왔다. 분명, 약속까지 했는데 이런 식이라니… 울적한 마음에 나의 오랜 절친에게 하소연을 하였는데, 절친은 내 이야기를 듣자마자 표정을 굳히면서 아직까지 저런 애랑 친구를 하고 있었냐고 나에게 화를 냈다. 그러더니 방과 후에 나를 끌고 한 놀이터로 데려갔는데, 그곳에는 그 친구를 제외한 우리 반 여자아이 전원이 모여있었다. 그리고 나에게 지금까지 있었던 모든 일에 대해서 말해주는데, 너무 충격적이라서 입이 다물어지지 않았다.

"걔 뭐 빌려 가서 안 돌려주는 게 하루 이틀이 아니야. 완전 도둑이라고, 도둑!"

"내 말이. 앞에서는 착한 척, 뒤에서는 애들 험담하고 다니고, 완전 이중인격 자라니까."

"그러면서 툭하면 자기 험담하는 거 아니냐고 의심이나 하는데 자기가 한 일은 생각도… 에휴."

그 이야기를 놀래면서 듣고 있는데, 그중에 한 아이가 주머니에서 뭔가를 꺼내는데, 그것은 내가 빌려준 팔찌였다.

"이거, 걔가 쓰레기통에 버리고 갔어. 애초에 돌려줄 마음 따윈 없었다고."

모든 이야기를 들었을 때 나는 너무 화가 났고, 나 자신이 너무 비참해졌다. 나는 도대체 지금까지 그 애한테 그저 이용하기 쉬운 장난감이었고, 처음부터 친구를 하기 위해서 접근한 것이 아니라는 사실에 친구라고 위로해 주고 도와준 순간순간의 기억이 너무나도 불쾌하게 다가왔다.

그리고 그 다음날 평소처럼 내 필통에서 볼펜을 가져가려는 그 아이의 손을 탁! 쳐버리고 말하였다.

"건드리지 마. 너한테는 안 빌려줘."

처음 들어보는 내 싸늘한 말에 '갑자기 왜 그러지?'라는 표정으로 태연하게 말하는데, 정말 가관이었다.

"야! 좀 쓰면 어디가 덧나냐? 혹시 내가 니 팔찌 잃어버렸다고 그런 거야? 겨우 그것 때문에? 너 되게 치사하구나."

치사? 누가 누구보고 치사라고 하는 것일까? 치사라는 그 단어에 사람이 진심으로 화가 나면 오히려 차분해진다는 것을 처음으로 알게 되었다.

"치사? 누가 누구보고 치사하다고 말하는 건데. 그리고 내가 꼭 너에게 빌려줘야 한다는 의무라도 있어? 없잖아. 그리고 나는 너한테 빌려준다고 말한 적 없는데, 이렇게 멋대로 가져가는 거야? 너 이거 절도라고. 내가 치사하면 너는 남의 물건 도둑질하는 도둑이네."

"야! 너 지금 말 다 했어?! 니가 뭔데 나보고 도둑이라고 말하는 건데?! 내가 물건을 훔치기라도 했어? 했냐고! 친구라고 생각해서 지금까지 같이 놀아줬더니 나를 도둑 취급해?"

점점 소리를 지르는 모습에 남아있는 약간의 정도 모래처럼 사라져 버렸고, '내가 왜 이런 애를 친구라고 생각했을까?'라는 생각뿐이었다.

"우리가 처음부터 친구였나? 너 그냥 내가 만만하니까 나랑 놀고 한 거잖아. 사람의 호위를 그런 식으로 받아들이는 너랑은 나도 친구 안 해. 아니, 애초에 나는 그냥 니가 친구도 없이 불쌍해서 같이 대화도 해주고, 챙겨준 거라고."

내 마지막 말에 그 애는 얼굴이 빨개져서 씩씩거리면서 자기 자리로 돌아갔고, 그 모습을 모두 지켜본 반 친구들은 통쾌하다면서 빨개진 얼굴을 보면서 킥킥거렸다.

… 티는 안 내기 위해서 긴장을 해서 그런지 모든 상황이 끝났을 때 다리에 힘이 풀리고 말았다. 남에게 그런 식으로 화를 내는 것도, 관계를 끊어보는 것도 모두 나에게는 처음이었다.

그래도 속은 시원했다. 이번 경험을 통해 배운 것이 있었다. 그건 불필요한 관계를 끊어내기 위한 용기를 얻었다는 것이었다. 나와 그 아이처럼 일반적으로 나를 희생시키면서 유지하려고 했던 관계는 결국 나를 아프게 하는 불필요한 관계였다. 호의를 호의로 받아들이지 않고, 그것을 당연하다거나 권리라고 생각하는 사람들에게 "싫어!", "하지 마!"라고 말할 수 있는 것이 진짜 나를 소중하게 여기기는 행위이고, 단호하게 끊어내는 것이 나에게 훨씬 좋은 영향을 준다는 것이다. 이 일은 겪기 전까지는 나에게는 끊어내기 위한 용기가 없었고, 그저 이어나가려고만 하였다. 그 과정에서 내가 상처를 받고, 힘들어하면서 끊어내는 용기가 없었기에 더더욱 받은 상처를 회복하는 것이 힘이 들었다. 하지만 이 경험을 통해 나는 내가 끊어낼 수 있는 사람이라는 것을 깨닫게 되었고, 앞으로 또다시 나에게 이런 일이 있을 때 가위로 실을 자르는 것처럼 관계를 끊어낼 수 있을 것이라는 자신감이 들었다. 이런 나의 행동이 남이 봤을 때에는 조금 이기적이고, 제멋대로라고 생각할 수도 있지만 상관없다. 내가 상처받는 것보다는 백배 낮은 선택이고, 남의 시선보다는 나의 마음이 더욱 중요하니까. 결국 가장 소중하고 가장 중요한 것은 나 자신이니까.

새로운 인연

　무사히 수의대학을 졸업하고 수의사 자격증을 취득한 나는 평소 아는 사람이 운영하시는 동물 병원에 취직하였다. 내 병원을 차리기에는 아직까지 금전적으로 문제가 있어, 취직하여 자금을 모은 뒤 하기로 결정하였다. 내가 일하고 있는 병원은 아침 9시부터 오후 6시까지 운영하는데, 문 닫을 시간이 다 되어서 한 어린아이가 상처투성이인 고양이를 품에 안고 들어왔다. 아이의 얼굴은 눈물 투성이었고, 고양이는 아이의 품에서 조용히 숨만 쉬고 있었다. 길고양이처럼 보였지만 사람의 품을 벗어나지 않았다. 아니, 벗어날 수 없는 거처럼 보였다. 아이에게서 고양이를 돌려받고 엑스레이도 찍고, 상처 부위도 살펴보면서 정밀 검사를 했는데, 다행히 뼈에는 이상이 없었다. 상처를 보니 우연히 다친 것이 아니라 누군가에 의한 타박상이라는 의심이 들었다. 아이는 "웬 어른들이 고양이가 계속 시끄럽게 운다고 고양이에게 화를 내면서 발로 찼어요…"라고 말하였다. 생명에 대해서 존중도 배려도 없는 사람들의 행위에 화가 났고, 다친 고양이를 데리고 온 아이에 대해서 기특한 마음이 들었다. 알고 보니 그 아이의 집은 우리 병원의 근처였고, 평소 부모님과 함께 이 고양이의 밥을 챙겨주고 있었다고 말하였다. 어쩐지 우리 병원 근처에서 고양이 사료와 물이 담긴 밥그릇이 있어서 이상하다고 생각하였는데, 이 아이의 짓이었나 보다. 고양이의 상처에 붕대를 감아주고, 주사를 놓아주니 불규칙했던 호흡이 원래대로 돌아왔다. 아이에게 이제 괜찮다고 말해주니 아이도 안도의 한숨을 내뱉었다. 그 뒤로 그 아이의 어머니라고 생각되는 여성분이 들어와서 아이의 머리를 쓰다듬어 주었다. 그리고 나서 "혹시, 저 고양이를 저희가 입양해도 데리고 가도 될까요? 예전부터, 우리 아이가 저 고양이를 챙겨주고 있었는데, 집에 데려가서 키울까 생각하다가 자꾸 도망을 가서…"라고 말씀하셨다. 그 말에 나는 웃으면서 "이렇게 착한 아이가 가족이 된다면 고양이도 기뻐할 것입니다." 잠시 후, 정신을 차린 고양이는 주위를 살펴보면서 소파에 앉아있던 아이의 품 안에 파고들었다. 경계심이 많은 성격이었다고 생각하였는데, 자신을 구해준 아이에게 마음의 문을 열었나 보다. 나는 아이의 어머니에게 약을 건네주면서 고양이의 키울 때의 주의사항에 대해서 설명해드렸다. 모든 설명을 들은 아이와 어머니는 고양이와 함께 집으로 돌아갔다. 며칠 뒤 그 아이는 '보리'라고 이름 붙여진 고양이와 함께 병원에 방문했다. 건강을 되찾은 고양이는 이전과는 다르게 사람을 잘 따르게 되었고, 그런 고양이를 보면서 아이는 좋은 웃음을 지었다. 정말 보람이 되는 순간이었다.

Epilogue

이번 글쓰기 수업을 통해 내 기억 속에 묻어놨던 상처받았던 기억과 즐거웠던 기억을 다시 한번 더 꺼내게 되는 계기가 되었다. '가족과 함께 했던 여행의 순간과, 친구와의 관계에서 내가 상처를 받았지만 그 상처가 나를 성장시켰던 순간들이 모여 지금의 내가 되었다.'라는 느낌을 받게 되었다. 이렇게 글을 쓰면서 그 기억들은 다시 한번 더 상기시키면서 때로는 나도 모르게 마음이 편안해졌다. 그리고 막연하게 꿈으로만 생각했던 미래의 내 모습도 이렇게 글로 표현하니 '정말 그 꿈을 이루고 싶다.'라는 생각이 들었고, 그 꿈을 위해 노력해야겠다는 결심을 굳게 되는 순간이었다.

지금 생각해보면 평소 글을 쓰는 것을 좋아하지만 나에 대해서 글을 써본 적은 거의 없었던 거 같다. 왠지 나에 대해 글을 쓰는 것이 부끄럽고 창피하다고 생각하였는데, 이번 책쓰기 수업에 글을 써보니 오히려 나 자신에 대해서 좀 더 자세히 알게 되었고, 내가 무엇을 좋아하는지, 내가 무엇을 싫어하는지, 내가 어떤 꿈을 꾸고 있는지에 대한 확실을 갖게 되는 기회였던 거 같다. 비록, 진짜 작가처럼 글을 아주 잘 쓰지는 못했지만 내가 쓴 글이 누군가에게는 공감을 불러오고 때로는 마음속의 위로가 되어, '나도 한번 글을 써볼까?'라는 생각이 들었으면 한다. 간단한 글이라도 써본 것과 안 써보는 것은 굉장한 차이가 있고, 바쁘고 힘든 상황에서도 나 자신에게 주는 선물이라는 생각을 가지고 짧은 한 줄이라도 써보는 것이 나의 마음의 위안을 가져다줄 것이라고 나는 생각한다. 나 역시, 이번 기회를 통해 내가 힘이 들 때에는 아주 짧은 한 문장이라도 나에 대해서 글을 써보기로 결심하였다.

우리들의 이야기

√

루트 18, 끝나지 않을

우리의 인생이
딱 한 번이라면…

윤지민

17

윤지민

나에 대해서 설명하자면 과학적인 MBTI 성격유형검사로 대신할 수 있다. 검사를 3번이나 해본 결과 똑같이 'INFJ'-선의의 옹호자로 나왔다. 이 유형은 전체의 0.1% 밖에 존재하지 않는다고 나왔고 가장 희소하고 설명하기 어려운 유형이다. 이 유형은 영감과 통찰이 뛰어나며 보이지 않는 정신세계. 내면을 보는데 재능이 있다. 사람에 대한 본능적 통찰에 능하기 때문에 타인

당신의 성격 유형은 :

선의의 옹호자
INFJ-T

을 돕고, 신념에 헌신하는 것에 만족을 느낀다. 또 상대의 상황, 생각, 감정 등을 의도하고 노력하지 않아도 증거가 없어도 대방조차 스스로 지각하지 못하는 것까지 순식간에 느껴진다는 것이다. 장점으로는 믿고 있는 신념에 대한 투철한 헌신, 조직/인류의 이익을 추구하는 성향, 만물에 대한 통찰 직관 능력이 있고 단점은 오해받는 것에 대한 거부감, 부족한 물리적/현실적 감각, 지나친 전체주의적 경향이 있다. 무한하게 통찰을 하고 모든 걸 하나의 원리로 꿰뚫어내는 성질이 있다. 그래서 자기 스스로도 이 결과물들을 물리적인 언어나 이미지 등으로 정리해내기가 어려울 수밖에 없다. 그래서 내면 자아의 갈등, 가치관의 혼돈이 발생한다. 가령, '사람을 죽이면 사형한다.'는 법에 모두가 동의했다고 가정할 때 살인자가 사형을 당하는 것은 매우 당연한 것이지만 나는 살인자에게 강한 혐오와 증오를 느끼면서도 죽어가는 살인자를 통해 동시에 연민과 동정을 느낀다. INFJ에게는 '인간의 생존권은 존엄하니, 이를 침해한 자, 죽어 마땅하다'라는 명제와 '사형수도 인간이며, 재판관과 권한을

부여한 우리 모두도, 살인자와 다름이 없다'라는 명제 둘 다 참이라는 것이다. 정리하면, 사회 기능적으로 모순되는 두 명제가 INFJ의 가치관 안에서는 공존하게 되는 것이다. 또 모든 사람들의 감정이나 생각을 고려하는 외향 감정을 가지고 있다. 그래서 평균, 일반, 보통과 같은 가치를 지향하게 된다. 특정 가치관에 대한 통일적, 전체주의적 신념을 추구하는 방향성을 갖기도 한다. 살인을 저지르고 정체를 숨긴 한 명의 범죄자와, 비록 범죄자지만, 돌팔매질로 살인을 하고 있는 각 개인들이 양쪽 모두, INFJ에게는 범죄이며 동시에 연민과 지지의 대상이라는 것이다. 그래서 기본적으로 인간의 이중성에 대한 날카로운 생각을 가지고 있다. 똑똑하지만, 그래서 더욱 어리석은 행동을 하며, 뭉치면 강하지만 더욱 집중포화를 맞으려 하고 윤리와 법을 논하지만, 따르지 않는 자를 감금하고 죽이기도 하는, 인간의 민낯에 대한 통찰 때문에 누구보다 인간을 사랑하고 동정하지만, 동시에 누구보다 증오하고 혐오할 수도 있다. 이 상반된 감정의 원인은 하나의 진리 때문이죠. 그러나 남들과는 조금 다르게 느끼고 있다는 것을 이미 알고 있기 때문에 INFJ 내면에서 일어나는, 남들에게 이해시키기 어려운, 수많은 통찰과 영감의 결과물들은 거의 표현되지 않는다. 나조차 스스로 괴로운데, 다른 사람에게 이 모순 같지만 진리인 통찰한 것들을 보여준다면 날 어떻게 생각할지 알기 때문이다. 이 통찰한 것들을 정리하기 위해서 혼자만의 시간이 필요합니다. 통찰 결과를 언어적 형태로 바꾸기에 엄청 힘들기 때문에 할 게 없을 때 가장 피곤할 수 있다. 혼자 있으면 함께하고 싶고, 함께 하고 있으면 혼자 있고 싶은 나를 스스로 도무지 이해하기 어려워서 포기하는 경우도 있다. 많은 내면의 정리 때문에 무난한 다수의 가치관을 따르곤 한다.

그래서 웬만하면 튀는 행동을 하지 않으려고 노력한다. 또 시각적이고 물리적인 현상이나 물체에 관심이 없다. 나와의 대화는 정말 가까운 사람이 아닌 이상, 상식/일반 범위를 벗어나지 않으려 한다. 나의 내부에 발생하는 농밀한 통찰한 것들을 상대방이 이해할 수 있을 거라 생각하지 않기 때문이다. 이 위의 내용은 나와 정말 100% 똑같다. 예로 든 명제 두 개가 나의 삶에서도 한번 적용한 적이 있었다. 결국 두 명제를 하나의 원리로 바꾸면서 좋지 않은 결과를 낳았지만 이런 나를 이해하려고 나는 지금도 노력 중이다.

이 책을 쓴 계기는 문학 선생님이 내준 수행평가이다. 처음에는 그저 수행평가를 위해서 이 책을 쓰려고 했다. 하지만 이번 기회를 통해서 나의 생각들, 가치관에 대해서 이야기해보는 것이 뜻깊을 것 같았고 미래의 나와 지금의 나를 비교할 수도 있을 것 같았다. 그러면서 나의 미래의 확실성이 생겨 더욱 힘이 날 것 같았다. 책을 쓰는 나는 아직 18살밖에 되지 않지만 그래도 인생에 대해서 조금은 남들과는 다르다고 생각한다. 그만큼 한순간에 너무나 많은 것을 느껴서 일 수도 있다. 이 책은 인생에서 한 번쯤 고민해볼 만한 청소년 시기의 고민들을 다루고 있다. 내가 살아온 인생을 말하면서 장면 사이사이마다 내가 나를 발전하고 커가고 성숙해진다. 청소년 시기를 지나고 원하던 것을 결국 이뤘을 때의 허탈감과 허무함이 나타나 우리는 괴로워하기도 한다. 이때 인생의 도전을 멈추거나 포기하려는 사람들을 위해서 인생 고민소의 역할과 조언들도 한다. 또 내가 경험했던 아파했던 이야기들을 다룸으로써 그때의 상황을 사람들에게 전하고 그 감정들을 내가 느낀 것과 비슷하게 느끼게 하고자 한다. 내가 아파했던 것들이 또 다른 사람들은 그것을 겪었을 수도 있을 것이고 겪지 못한 사람, 겪을 사람들이 모두가 읽기에 좋을 것이다. 내가 생각하는 인생에 대해서도 다루면서 바다의 수심 깊이처럼 깊거나 얕은 깊이의 이야기들을 나눈다. 이 책은 읽으면 알겠지만 생명의 소중함, 가족의 소중함, 삶의 소중함, 하루의 소중함을 느끼게 된다. 그러면서 인생을 살아가기에 더욱더 힘을 북돋아 주는 역할을 한다. 나는 최대한 봉사하는 마음으로 살 것이고 내가 받은 모든 것들을 아니 더 많이 환자들에게 주는 멋진 간호사가 될 것이다. 나는 모든 사람들이 최대한 아프지 말고 힘들어하지 말길 원한다. 그게 그저 나의 욕심일지도 모르지만 나는 진심이다. 제목처럼 인생이 딱 한 번이라면 최대한 아프지 말고 행복한 인생을 살자고요! 다들 이 책 읽고 힘든 고민들 모두 해결되시고 자신이 원하시는 삶을 사세요!!

MY DREAM IS COME TO ME! It's nurse?!

제목처럼 나는 꿈을 가지게 되었다. 계기는 앞의 내용인 뇌출혈이다. 뇌출혈 때 나는 처음 입원을 하였다. 처음 하는 것이 많은 만큼 나의 기

억에도 더욱더 큰 부분을 차지한다. 내가 입원하는 내내 의사보다는 간호사 선생님을 많이 뵀다. 의사 선생님들도 많은 일을 하시겠지만 정작 환자에게 도움이 되고 위로가 되는 사람은 간호사뿐이라고 생각한다. 간호사라는 사람은 치료의 목적인 사람이 아닌 돌봄의 목적으로 하는 사람이다. 내가 입원하는 동안 하나부터 열까지 나를 위해 하시는 간호사분들이 너무나 눈에 띄었고 내가 정말 미안하고 죄송하게 생각할 정도로 많은 일을 하시고 그만큼 바쁘시다. 병원 병동이나 병원 복도를 한동안 관찰해보면 알 수 있다. 간호사분들이 의사분들보다 배로 더 많이 뛰고 더 많이 움직이신다는 것을. 나는 그때 깨달았다. 의사보다 간호사가 더 고생한 게 아니라 내가 계속 간호사분들을 관찰하고 있었다는 것을. 그 간호사의 과거가 묻어나 있는 주머니가 꽉 찬 옷, 결코 쉽게 익히지 않은 섬세한 손, 약하면서 강한 분위기, 위생에 대해 철저한 묶은 머리. 이때 내가 간호사라는 사람이자 직업에 반했다는 것을 느꼈다. 그리고 나는 간호사라는 직업을 하고 싶고 가지고 싶고 경북대학교 병원의 간호사가 뇌어 나를 치료해 주시고 돌보아주신 간호사 선생님들을 찾아뵈서 감사했다고 인사드리고 싶다 생각했다.

그래서 그 후 나는 간호사가 되기 위해서 많은 노력을 할 것이고 노력하고 있다. 하지만 못 이루더라도 언젠간 만날 수 있도록 온 힘을 다해 노력할 것이다. 이처럼 딱히 꿈이라는 것은 직업뿐만이 아니라 '무엇을 하고 무엇을 이루고 싶은 사람' 이렇게 두리뭉실하게 생각해도 이건 꿈이다. 꿈은 우리가 하고 싶고 희망하는 것이다. 어떤 무엇이든 될 수 있고 그마다 가치가 있다고 생각한다. 많은 학생들이 꿈이 없어서 고민이지만 그렇게 걱정하지 않아도 된다. 굳이 친구들이 다 꿈이 있어 나도 있어야 한다는 압박감은 가지지 말라는 말을 해주고 싶다. 꿈이 없어도 하고 싶은 일은 있을 거고 좋아하는 일도 있을 것이다. 결국 그것을 향해 나아갈 것이고 해낼 것이다. 장담한다. 그리고 나처럼 갑자기 확 끌리게 되는 예외의 경우도 있을 것이다. 어떻게든 내일은 오고 우리는 좀 더 나은 미래를 향해 나아가기 위해 노력한다. 그게 인생이고 그게 삶이다. 자신이 닥친 힘든 일들이 감정들이 괴롭힌다고 해도 나를 세상에 의해 조종당하게 놔두지 말고 포기도 말고 일단 도전해보라고 말하고 싶다. 이 전의 상처가 마음속 가장 단단한 부분이 될 수 있다는 걸...

[뉴스속보] '고3의 수능 태풍'이 지나갔습니다

시 험 시 간 표		
교시	시 간	영 역
1	08:40~10:00 (80분)	국 어
2	10:30~12:10 (100분)	수 학
3	13:10~14:20 (70분)	영 어
4	14:50~15:20 (30분)	한국사
	15:30~16:32 (62분)	사회/과학/직업탐구
5	17:00~17:40 (40분)	제2외국어/한문

* 수험생은 08:10(2~5교시는 시험시작 10분전)까지 시험실 입실을 완료해야 합니다.

내가 고3이란 게 적응도 안 되고 믿기지도 않지만 그 유명한 수학 능력 시험도 쳤다. 인생에서 느낄 수 있는 감정들이란 감정들은 다 겪어본 것 같다. 그만큼 힘들고 바쁘게 살아왔지만 인생의 반도 오지 못했다. 그저 미성년자의 타이틀을 벗었을 뿐 이제 시작이다. 수능이 끝나고 나서 아이들은 하나같이 다 놀러 갔다. 학교에 오지 않는 아이들은 없었지만 매일 학교가 일찍 끝나기 때문에 학교가 끝나면 놀러 갈 곳만 찾았다. 하지만 마음 한 곳에는 대학 입시의 문제가 자리 잡혀있다. 수능을 다 친 고3이라도 언제나 존재한다. 정말 괴롭지만 한국에 사는 이상 바랄 것도 없고 그냥 살아야 한다. 고등학교 1학년 친구들과 한 번도 단체로 놀러 간 적이 없다. 다들 바빠서 시간도 맞추기 힘들었고 말만 하고 안 갔다. 그래서 12월 31일 날 만나서 새벽까지 놀기로 했다. 오늘이 그날이다. 12월 31일 11시에 만나기로 해서 다들 카페에서 만났다. 친구들은 운화, 해련, 다빈, 교림, 보람이었다. 더 올 수 있었지만 다들 시간이 되지 않아서 만나지 못했다. 11시 59분까지 기다렸다가 12시가 되자마자 다들 축하한다고 말을 나눈 뒤 술 먹으러 가자고 했다. 술집에 가서 당당히 술을 먹었다. 다들 처음 먹어 보기 때문에 소주 1병과 맥주 1병만 시켰다. 각자 한 번씩 종류마다 먹어 보고 술 게임을 하면서 술을 먹었다. 제일 먼저 취한 사람이 쏘기로 했는데 나는 아니라서 다행이었다. 나는 의외로 잘 마셨고 다들 쓰러졌을 때

나 포함 2명만이 살아남았다. 이런 것도 언젠가는 추억이겠지 하면서 아이들을 다 깨운 뒤 집에 보내주었다. 그렇게 술과의 첫 만남 뒤에 우린 일본 해외여행을 가기로 약속했다. 일본이랑은 아주 사이가 좋아져서 눈치를 안 봐 다행이었다. 해외여행은 2월 3일 날 가기로 했고 연락하면서 지내다 그날이 왔다. 다들 예쁘게 차려입고 완전 풀 세팅을 했다. 안 하던 친구들도 다 화장을 하고 구두를 신고 완전 놀라운 변신이었다. 나도 그랬지만 말이다. 비행기 표를 미리 예약해 두어서 표만 받으러 갔다. 나는 첫 해외여행이고 너무 떨려서 친구 손을 잡고 있었다. 비행기 도착 시간이 다 되어서 비행기를 타러 갔다. 비행기 안에서도 많은 일이 있었지만 보호 차원에서 여기까지만 이야기하도록 하겠다. 일본에 도착하자마자 느낀 건 '와 외국이다'라고 느꼈고 또 일본어 교과서에 있는 배경들로 꽉 차 있었다. 그렇게 이리저리 구경하고 놀이공원에서도 놀고 일본의 대표 메뉴 라멘, 다코야키 등등을 먹으러 정말 많은 곳을 다녔다. 그리고 미리 예약한 호텔로 갔다. 정말 시설이 죽여줬다. 거의 우리가 공주님들처럼 대우를 받았고 우리가 인원이 많으니깐 방이 넓고 많은 곳으로 예약을 해서 그런지 정말 완벽한 뷰가 걸렸다. 거기서도 첫 와인을 마셨고 호텔 내의 수영장에서 완전 재밌게 놀았다. 그러면서 진지한 이야기도 하고 웃긴 이야기들도 하면서 우정을 더 깊게 쌓았다. 그다음 날도 2일차에도 엄청 재미있게 놀았고 아직까지 내 삶에서 제일 선명하게 기억이 남았다.

간호사 5년 차, 내가 진짜 나를 찾았다

나는 올해 경북대학교병원 간호사 5년 차가 된다. 오래된 것 같지만 이제야 모든 것이 익숙하고 환자를 대하는 법도 알게 되었다. 하지만 실수하는 건 똑같았고 힘든 것도 똑같았다. 아니 배로 힘들다. 내가 선배가 되니깐 후배들이 하나 둘 생겨났다. 후배들을 하나부터 열까지 가르쳐야 하고 후배들의 잘못은 모두 나에게로 돌아왔다. 책임감이 인내심보다 힘든 걸 처음 알았다. 그래도 나도 한때 그럴 때가 있었고 믿을 건 선배밖에 없었던 나였기에 힘든 티도 내지 못했다. 후배들이 좋은데 싫은 느낌을 어떻게 설명할 수가 없다. 후배들을 가르치는 일뿐만 아니라 경력이 더 오래될수록 좀 자유로워진다지만 아니다. 그저 뇌로만 입력이 되어 적응이 되었고 몸은 배로 힘들어진다. 이때 가끔 내가 '무엇을 위해 이렇게까지 사나?'라는 생각에 잠기곤 한다. 20대가 처음의 사회생활이고 적응이 될 때까지 자신의 정체성에 대해 많은 고민들을 하며 불안과 초초함에 시달린다고들 한다. 불안과 초초? 나도 지금 느끼고 있는 것이다. 다만 심하게 오지 않는 이유는 몸이 바빠서? 아니면 그 생각을 5분 넘게 오랫동안 생각하지 않아서인 이유이지 싶다. 이럴 때마다 나는 정말 힘들고 퇴직하고 싶다. 4년 동안 바라던 꿈인데 말이다. 이렇게 한순간에 없어지는 게 말이 되냐는 말이다. 이것만 보고 달려왔는데 이렇게 허무할 일인가? 정말 내가 원하던 게 이게 맞는 것인가 싶다. 5년 동안 참 바쁘게 지내왔다. 간호사가 되면 그저 환자들과 이야기하고 위로하고 치료해 주면서 행복한 시간들을 기대했지만 웃기는 소리였다. 휴전만을 기다리고 있는 전쟁터. 드라마에서 나오는 간호사와는 정반대였다. 내 정신은 그냥 내 주머니에서도 멍 때리고 있는 중이다. 이런 날들이 반복되니 사람이 미쳐버릴 것 같았다. 그래서 어딘가 떠나고 좀 휴식을 취하고 싶었다. 마침 어제 선배가 같이 봉사하러 가자고 이야기한 게 있어서 바로 연락했다. 일주일 후 짐을 챙기고 비행기를 탔다. 일하러 가는 것이지만 이렇게 놀러 가면서 느끼는 기분이 너무 오랜만이라서 적응이 되지 않는다. 아프리카에 있는 일라 무브 병원의 소아과 병동을 맡았다. 아프리카의 아이들은 하나같이 한 가지 이상의 병을 가지고 있었고 그중의 90%가 영양실조였다. 아프리카의 병동은 끔찍할 정도로 위생 관리가 안 되어 있다. 썼던 주사기, 피 묻은 이불, 어떤 물질인지도 모르는 약들. 정말 대단했다. 말로만 들었지만 이렇게 심할 줄은 몰랐다. 일단 위생 관리를 하고 난 후에 아이들을 돌봤다. 너무나도 해맑고 밝은 아이들. 순수했다. '정말 마음이 맑은 사람은 이런 사람이구나.'를 느끼게 했다. 또 돈이 없어 병원에도 가보지 못한 아이들, 심지어 살날이 얼마 남지 않은 30일 갓난아이도 있었다. 난 매일 열심히 일했고 몸은 힘들었지만 정신은 아주 맑았다. 이때까지 엄마만 믿고 사는 마마보이의 환자, 유부남인 예비신랑, 돈만 많은 백수 할아버지, 나이롱 환자인 재벌 2세까지 등등 많은 VIP의 사람들을 치료하고만 살아서 그런지 내 뇌가 씻어지는 느낌이었다. 이때 알았다. 나는 이때까지 내가 아니었다는 것을. 그래서 내가 나의 정체성의 혼란이 온 것이다. 결국 세상의 실체를 발견하면 할수록 내가 아닌 다른 사람의 가면을 쓰며 나인 척 행동하고 있었다. 20대가 왜 혼란이 오는지 알았다. 학생이었을 때의 세상은 그나마 아주 맑은 상태였다. 20대에는 세상의 본모습이 하나 둘 보여주고 그것에 대해 나는 너무 충격을 받아 나를 잃게 되는 것이다. 이제 그 이유를 알게 되었고 진짜의 나를 찾았다. 그래서 이제 나는 다시 내가 이상적으로 생각하던 삶을 살기 위해 내 인생은 걸 것이다.

나는 스위스 병동의 간호사이다

내가 간호사를 한 이유가 그저 고마웠던 분들에게 보답하기 위해 하는 것보다 내가 받은 사랑, 금전적인 돈, 행복한 시간들이 너무나 한없이 많이 바라왔었고 바라왔던 만큼 받았다. 그래서 난 그것을 최대한 많은 사  람들에게 나눠주고 싶고 다들 나처럼 행복한 삶을 살았으면 좋을 것 같아서이다. 그래서 난 10년 동안 남의 삶을 위해 살았다. 내가 좋아서 하는 일이었고 행복하게 했다. 10년 동안 남을 위해 살다 보니 나의 삶은 더 초라해져만 갔다. 그래서 나는 한국을 떠나 타지로 가서 새로운 삶을 살아보자는 다짐을 했다. 예전부터 외국에서 살아가는 것을 꿈꿔왔기에 많은 준비와 지식들은 이미 오래전에 다 알았다. 그래서인지 외국이라는 것이 좀 더 친근하게 다가왔다. 나의 간호사 동기이자 고등학교 동창이자 눈빛만 봐도 모든 것을 알고 있는 최해련과 함께 스위스로 떠났다. 스위스의 풍경은 정말 한 편의 그림과 같았다. 스위스의 좀 한적한 마을의 조그만 병원에서 취직을 했다. 한국에서는 10년 차 베테랑 간호사이지만 여기서는 그저 1일차였다.

 스위스의 병동은 역시 외국인지 아주 깨끗하면서도 카페 분위기였다. 환자들은 작은 마을이라 자주 오시지 않아 조금의 여유는 생겼다.

대학 병원에 가서는 정신없이 여유도 느낄 기미도 없이 10년이 지나간 것 같았다. 하지만 여기서는 환자 한 명마다 집중적으로 관리할 수 있어서 좋은 것 같다. 대학병원에서는 절대로 집중적으로 보지 못하고 환자들과의 대화를 주고받는 장면은 상상할 수도 없었다. 그래서 더욱더 스위스 병원에서의 시간은 나에겐 소중했고 해련이와 잠시 잊고 있었던 우리의 청춘에 대해 진솔한 이야기를 나누기도 했다. 나는 지금 스위스의 수간호사로 승진을 했고 열심히 인생을 즐기며 살고 있다. 후회 없는 삶과 잊고 살았던 나의 인생도 다시 되돌아보게 되는 계기였다. 지금 생각해도 '이건 정말 좋은 기회였고 좋은 선택이었다.'라고 생각한다. 전 세계의 의료진들 힘내요!

Epilogue

　다들 후회 없는 선택을 하고 명언들을 읽으며 인생에서 포기했던 것, 하고 싶은 것을 다시 잡았으면 좋겠다. 약속합시다. 아프지 말 것, 행복할 것, 후회하지 말 것, 세상에서 가장 행복한 삶을 살고 죽을 것.

"난 위험에 대해 그리 많은 생각지 않는다. 난 그저 내가 하고 싶은 것을 할 뿐이다. 앞으로 나아가야 한다면, 나아가면 된다."

– 릴리언 카터의 명언 중 –

"꿈이란 분명 어렵고 혼란스러우며 그 안에 있는 모든 것이 인간에게 효과가 있지는 않다. 왜냐하면 흘러가는 꿈에는 뿔로 많은 문과 상아로 만든 문이 있어, 상아를 잘라 만든 문을 통과한 자는 기만적이며 무가치한 소식을 전하는 반면, 갈고 닦은 뿔로 만든 문으로 나온 자는 보통 사람들에게 진정한 결과를 전해준다."

– 호메로스의 명언 중 –

"운명은 우연이 아닌, 선택이다. 기다리는 것이 아니라, 성취하는 것이다."

– 윌리엄 제닝스 브라이언의 명언 중 –

"인생은 한 권의 책과 같다. 어리석은 이는 그것을 마구 넘겨 버리지만, 현명한 이는 열심히 읽는다. 인생은 단 한 번만 읽을 수 있다는 것을 알기 때문이다."

– 상 파울의 명언 중 –

우리들의 이야기

루트 18, 끝나지 않을

페르소나
(persona)

이서정

이서정

나이	18세
학교	동문고등학교

Prologue

이 책은 나의 개인적인 경험과 느낌을 담은 자서전이지만 그 속에서도 누구나 이맘때쯤 느낄법한 감정과 정서도 담아내려 노력하였으니 공감하며 읽어주길 바란다.

필력이 좋은 편은 아니라서 어색한 문장이나 구절이 나오더라도 너그러이 이해하며 읽어주길 바라고 자서전 쓰기라는 의미 있는 수업을 마련해 주신 국어 선생님과 낳아주신 부모님께 이 책을 빌려 감사의 인사를 전한다.

나의 특별한 순간을 잊지 않기 위해 이 책을 쓰고 있으며 독자들도 이 책을 읽으며 자신이 삶아온 삶을 한 번쯤은 찬찬히 되돌아보면서 쉬어갈 수 있었으면 좋겠다.

엄마의 청춘

가끔 엄마가 어떤 사람이었는지 궁금하다. 생각해보니 엄마의 학생 시절 이야기를 들어보진 못한 거 같아 생각하면 생각할수록 더욱 궁금해진다.

얼마 전 유튜브로 무한도전에서 진행했던 프로그램인 토토가를 다시 본 적이 있다. 그런데 댓글 창을 내리다 이런 말이 보게 되었다. '이거 보면서 엄마 아빠 엄청 좋아하시는 모습을 봤을 때, 진짜 뭉클했다. 엄마 아빠의 청춘에도 우리처럼 빛나던 순간이 있었구나 하고' 라는 댓글이었다. 울컥했다. 내가 아이콘을 미친 듯이 좋아했던 것처럼 엄마 아빠도 그랬을 거라는 사실이 당연하지만 나를 생각에 빠지게 만들었다. 지금은 엄마로서의 삶을 살고 있지만 엄마도 나처럼 꿈 많은 소녀였던 적이 있었다는 생각이 문득 든다. 엄마는 어떤 사람이었는지 어떠한 삶을 살아왔는지 궁금하다. 내가 지금 엄마와 자주 싸우는 이유도 각자 살아온 청춘이 다르기 때문이겠지. 과연 엄마의 청춘이 어땠을지 나는 상상이나 할 수 있을까? 또 엄마는 내 청춘을 이해하고 있을까? 엄마가 어떤 사람이었는지 나는 모르겠지. 왜냐면 내가 태어나는 순간부터 엄마는 엄마였으니까. 나와 내 동생이 없었다면 엄마는 더 자유롭고 행복하게 살 수 있었을 거 같은 사람이기에 또 그렇게 살 수 있었지 않았을까 라는 생각이 들어 미안하고 사랑하고 감사하다.

별이의 세상엔 내가 전부이다

정확히 말하면 별이의 세상엔 우리 가족이 전부이다.

어느 날 문득 별이의 세상은 어떨지에 대한 궁금증이 들었다. "한 평생을 집 그리고 작은 동네에서만 살아야 하는데 어떨까?" 라는 다소 황당하게 들릴 수 있는 공상을 한 것이다.

우리는 많은 사람들과 관계를 맺고 누군갈 사랑하고 이별에 슬퍼한다, 그런데 별이는 아니니까, 세상에는 다른 누구도 아닌 내가 전부이니 마음이 그랬다. 집에 오면 반기고 함께 잠에 들 때도 바라보는 사람은 나뿐인데, "산책 가자!" 이 한마디에 집 안을 방방 뛰어다니며 행복해하는 네가 귀엽기도 하고 안쓰러웠다. 별이의 세상엔 내가 전부인데 난 별이가 전부는 아니니. 더 줄 수 있는데 다 주지는 못하니 말이다.

긴 여행

반복되는 일상에서 벗어나고 싶어 그냥 무작정 떠났다. 무얼 하고 싶은 열정도, 용기도 없어 가만히 쉴 수 있는 곳을 찾아 떠났다. 그렇게 찾다 보니 나는 어느새 러시아의 한 도시에서 열차를 타고 있었다. 사실 거의 한 달간 혼자 열차를 타는 거라 걱정도 많이 되었다. 부모님께선 내가 혼자 기차를 타는 것을 걱정하셨지만 나는 말했다.

"나도 이제 어른이에요!"

사실은 무서웠다 그럼에도 무서움보단 일상에서 벗어나고 싶다는 열망이 커서인지 정신을 차려보니 어느새 열차에 올라타고 있었다. 그렇게 설렘 반 긴장 반으로 눈 오는 추운 날에 손을 호호 불어가며 열차에 탑승했다. 열차에 탑승한 지 얼마 지나지 않아 러시아 꼬마로 보이는 소년이 내게로 다가와 따뜻한 수프를 주었다. 그렇게 따뜻한 수프를 먹으며 열차 안에서 보는 창밖의 풍경은 정말 말도 안 됐다. 끝이 보이지 않는 눈 덮인 평야, 금방이라도 쓰러질 거 같은 가시나무, 한 겨울에도 푸름을 유지하는 생명들을 가만히 보고 있기만 해도 마음이 평온해졌다. 샤워시설도 열악해 폐인처럼 눕고 앉기만을 반복하면서 지냈는데 이렇게 편할 수가 없었다. 워낙 사람 만나기를 좋아하고 외향적임에도 걱정과 기대가 공존하는 혼자만의 시간을 즐겼고 아는 사람이 한 명도 없는 대서 오는 낯섦과 편안함도 나름 좋았다. 그렇게 한 10일이 지났을 때 러시아 군인들이 우르르 내 옆자리에 탔다. 너무 놀랐다. 하이틴 영화에서만 보던 주인공들이 내 앞에 있는 느낌이랄까. 그들은 나에게 말을 걸어왔다.

다행히 교환학생을 다녀온 덕분인지 말은 잘 통했다. 그렇게 밤새 떠들고 웃다 잠에 들었다. 걱정이 컸던 나의 홀로서기 여행이 기대로 바뀐 날이다!

2030크리스마스

가족과 다 함께 크리스마스 기간에 맞추어 유럽에 가기로 했다. 내 버킷리스트 중 하나가 유럽에서 가족들과 크리스마스를 보내는 것인데 막상 간다고 하니 설레어 전날에 잠도 제대로 자지 못했다. 그렇게 가는 비행기에서 잠을 푹 자고 깨니 공항에 도착했다. 짐을 호텔에 풀어놓고 아빠와 엄마와 동생과 바로 시내 거리로 나와 크리스마스 플리마켓을 한 바퀴 쭉 돌았다. 유럽의 크리스마스 분위기는 상상한 대로 낭만적이었다. 가게마다 흘러나오는 캐럴들, 거리에서 뛰어다니는 아이들, 사랑하는 연인들까지 모든 게 상상한 그대로였다. 그렇게 구경을 하다 늘 그렇듯 아빠와 동생은 돌아다닌 지 1시간도 채 되지 않아 다리가 아프다며 숙소에 돌아갔고 엄마와 나는 시간이 가는 줄도 모르고 귀여운 소품들과 신기한 음식들을 하나하나 음미하고 온전히 느끼며 길을 걸었다.

숙소에 가기 전 크리스마스 파티 분위기도 낼 겸 케이크와 와인을 샀다. 근사한 저녁을 먹고 호텔방에 와서 좀 전에 산 와인과 케이크를 먹으며 가족들끼리 소소한 파티를 했다. 매년 크리스마스를 가족과 함께 보내긴 했지만 이렇게 외국에서 크리스마스를 특별히 보내니까 기분이 새로웠다. 그렇게 3일 간을 유럽 이곳저곳을 다니며 누구보다 행복한 시간을 보내었다.

Epilogue

이 책을 쓰면서 지금까지 살아온 삶을 돌아보며 그때그때의 감정들과 추억들을 곱씹어 보았다. 개인적으로 책을 써보는 것이 버킷리스트 중에 하나여서 이번 활동은 나에게 매우 의미가 깊었다. 실제로도 친구들이 모두 "책 쓰기 귀찮다"라고 말할 때 꿋꿋이 "난 재밌는데?" 라고 말했던 기억이 생생하다. 이렇게 나의 삶의 의미 있는 부분을 담은 책을 완성하고 나니 과거의 내 감정들과 모습들을 기록할 수 있어 좋았고 미래에는 어떻게 살아갈지에 대한 생각도 정리할 수 있어 매우 좋은 기회였고 순간이었다.

우리들의 이야기

루트 18, 끝나지 않은

내가
걸어가는 길

정연우

19

정연우

내 삶의 길을 걸어온 시간 총 18년

미래에 대해 고민하고 있는 시간 약 1년 8개월

'노력은 배신하지 않는다'

'나의 감정에 대하여 타인이 내리는 평가에 휘둘리지 말 것'

두 가지를 마음속에 새기고,

나 자신에 대해 더욱 알아가고 싶은 마음을 가지고

살아가는 사람

Prologue

"내가 책을 쓴다고?" 나는 우리가 책을 쓴다는 것을 알고 난 후 내가 작가도 아닌데 글을 잘 쓸 수 있을지, 내가 쓴 글이 다른 사람에게 이상하게 보이지는 않을지, 마음속 한편에는 책을 쓴다는 새로운 도전에 대한 설렘도 가지고 있었지만 나는 먼저 걱정이 앞섰다.

하지만 문득 그런 생각이 들었다. 내가 경험하고 느낀 것을 글에 솔직하게 담아낼 수 있다면? 그것들이 모여 나름대로 의미 있는 책이 될 수 있지 않을까? 본격적으로 책 쓰기를 시작하기 전, 나는 매일매일 이러한 고민들을 했다.

우리는 우리 자신에 대해 얼마나 알고 있을까? 우리에게는 나 자신이 어떤 사람인지, 어떠한 미래를 꿈꾸고 있는지, 내가 원하는 것은 무엇인지 등에 대해 생각해 볼 시간이 얼마나 있었는가?

나는 누군가에게 감동을 줄 수 있는 글을 쓰거나, 많은 사람들이 내 글을 읽고 공감할 수 있도록 하는 글을 쓸 수 있는 것은 아니지만, 내가 책 쓰기 활동을 하는 과정에서 나 자신에 대해 더 알아가고, 자신에게 질문을 던지는 계기가 될 수 있을 것이라고 생각한다.

내가 기억을 지울 수 있다면

2011년 무덥던 여름날 우리 가족은 똑같고 지루한 일상에서 벗어나 포항 호미곶으로 여행을 떠났다. 오랜만의 여행이라서 그런지 우리 가족은 모두 신나고 즐거운 마음을 감추지 못하고 자꾸 웃음이 새어 나왔다. 한 시간에서 한 시간 반 정도밖에 되지 않는 가까운 거리였지만 언니와 나는 쉴 틈 없이 "아빠, 언제 도착해?", "엄마, 얼마나 남았어?" 하며 조잘조잘 떠들어댔다. 포항에 도착하자마자 우리 가족은 "우와~" 하는 탄성이 저절로 나왔다. 그날은 햇볕이 뜨겁긴 했지만, 바다에서 불어오는 바람과 넓게 펼쳐진 바다, 그리고 여유로워 보이고 도란도란 이야기하고 있는 사람들을 보니 나도 마음이 편안해지는 것 같았다. 우리 가족도 자리를 잡고 낚시도 하고, 맛있는 것도 먹으며 즐거운 시간을 보내고 있었다.

언니와 나는 엄마와 아빠가 낚시를 할 때 처음에는 옆에서 구경만 했다. 하지만 고기가 잘 잡히지 않자, 언니와 나는 결국 다른 곳에 가 보기로 했다. 왜 하필 간 곳이 방파제 위였을까. 언니와 나는 방파제 위를 걸어 다니며 바다를 구경하고 있었다. 그 순간, 마치 롤러코스터를 탔을 때와 같이 철렁하는 느낌이 들며 나는 방파제 사이로 빠지고 말았다. 다행히도 두 팔이 걸쳐져서 완전히 빠지지는 않았지만, 그때 나는 정말 죽을 수도 있겠구나 하는 생각을 했던 것 같다. 오랜 시간이 지났지만, 그때의 기억은 내가 기억을 지울 수 있다면 꼭 지우고 싶은 기억 중 하나이다.

무언가에 빠지다

　내가 너무 깊게 빠져버린 것, 무슨 일이 있더라도 그것만큼은 포기하지 못하는 것 중 하나를 고르라면 나는 주저 없이 '운동'이라고 답할 것이다. 내가 처음 운동에 빠지게 된 날은 초등학교 2학년 때쯤이었다. 나는 그저 앉아서 노는 것보다 운동장에서 뛰어노는 것을 좋아하는 아이, 내 주변 사람들에게 나는 어떤 아이냐고 물어보면 '걔? 엄청 활발하지 않아?'라는 반응이 대다수인 그런 아이였다. 하지만 다른 친구들이 다니는 태권도나 검도 같은 운동에서 별 관심이 없었다. 그랬던 내가 운동에 처음 관심을 가지게 된 계기는 초등학교 학예회 때였다. 그날에는 경필 쓰기 작품이나 직접 그린 그림 등 작품들을 전시하고, 마술이나 연극을 하는 등 친구들과 준비한 것을 발표했다. 항상 부모님이나 학원 선생님이 오셔서 전시된 작품에 사탕이나 초콜릿을 붙여주시곤 하셨는데, 태권도에 다니고 있었던 친구들은 관장님과 사범님이 오셔서 예쁘게 포장된 간식 봉지를 받는 것이 조금 부러워서 '나도 태권도나 다녀볼까..?' 하는 생각을 하며 관심을 가지게 되었다.

　우리 언니는 태권도를 이미 다니고 있었는데, 엄마와 언니를 데리러 태권도장에 갔다가 사람들이 운동하는 모

습을 보고 운동에 빠지게 되었다. 그때부터 4년 동안 태권도를 다니고 난 후, 내가 다니던 태권도장에 사람이 많이 없어지고 운동하는 것에 조금 슬럼프가 와서 그만두게 되었다. 그 후 다시 운동을 시작할 생각은 없었는데 친구와 엄마의 권유로 합기도를 시작하게 되었다. 그 후 합기도도 4년을 다니고 일주일에 다섯 번을 가고 몸살이 나도 도장에 갈 만큼 다시 운동에 빠지게 되었지만 고등학생이 되며 늘어난 학원 시간, 생애 처음 해보는 야자와 보충수업 때문에 나는 울면서 운동을 그만 둘 수밖에 없었고, 그날이 손에 꼽을 만큼 우울했던 날이라는 생각이 든다.

우리 집 활력소

2016년 8월쯤이었을까, 더위가 막바지에 이르던 날 이 친구를 처음 만났다. 그 땐 방학이라 나는 집에서 쉬는 중이었다. 그런데 별 일없으면 서로 전화 같은 건 하지 않는 언니가 갑자기 전화가 왔다. 나는 무슨 일이라도  생겼나 해서 받아보니, '어디야? 빨리 밖에 좀 나와봐.'라고 재촉하는 것이 아닌가. 이것이 집 앞의 물이 다 말라버린 하수구에서 우리 가족과 고양이의 첫 만남이었다. 언니와 나는 집에 있는 잠자리채와 멸치로 어찌어찌해서 고양이를 구조하고 보니 대략 3개월 정도 밖에 안 되어 보이는 아주 작은 고양이었다. 언니와 나는 고양이를 정말 좋아하기 때문에 집에서 꼭 키우자고 다짐했고, 한 3개월 동안 고양이는 병원도 갔다가, 처음에는 부모님의 반대로 할머니 집에도 결국 11월 즈음 우리 집의 다섯 번째 가족이 되었다. 우리 집은 햄스터, 거북이같이 작은 동물만 키워본 것이 다라 걱정도 많이 했지만 집에 고양이가 있다는 것 자체가 너무 행복하고 말로 표현할 수없이 기뻤다. 잘 먹고 잘 자라서 벌써 4살이 되었고, 우리 가족에게 없으면 안 되고 항상 힘들 때 힘이 되어주는 우리 집 활력소이다.

Epilogue

거의 한 달이라는 시간 동안 직접 책을 써보면서 나의 마음가짐과 태도에 작지만 큰 변화가 생겼다. 책 쓰기를 처음 시작할 때와 같이 무엇이든지 나는 내가 처음 경험해보고 처음 시도해보는 것에 대해 항상 먼저 결과를 걱정하곤 했다. 그러한 마음가짐이 나에게 좋지 않은 영향을 미친다는 것을 알면서도 말이다.

하지만 책 쓰기 활동에 참여하고 직접 글을 쓰면서 처음 시도해보는 것에 대한 두려움과 불안감, 걱정이 예전보다 많이 줄어들었다는 것을 스스로 느낄 수 있었다. 활동을 하는 과정에서 물론 걱정도 많이 했지만, 막상 내가 해야 할 만큼의 분량을 완성하고 완성한 결과물을 다시 읽어볼 때, 물론 부족한 점이 훨씬 많았지만 걱정과 불안을 이겨내고 완성했다는 뿌듯함은 내가 이전에 했던 걱정을 덜어주기에는 충분했다.

이 활동은 내가 항상 가지고 있던 고민거리를 조금이나마 덜어줄 수 있게 해주었고, 글을 쓰며 나는 어떤 사람인지, 내가 꿈꾸고 기대하는 미래는 무엇인지, 내가 느낀 감정들을 떠올리면서 '나'에 대해 더 알아갈 수 있는 계기가 되어 나중에도 기억에 오래오래 남아있을 것 같은 활동이었다.

우리들의 이야기

루트 18, 끝나지 않은

√

9125 Day Journal

Journal

김기현

9125 Day Journal

- kim ki hyeon

20

김기현

혈액형	O형
학교	동문고
생년월일	2003. 2. 4.

성격은 낙관적이고 취미는 운동이다.
공부를 열심히 해서 수능 만점을 받고 싶다.
의료분야에서 일하는 게 꿈이다.

Prologue

저는 제가 어떻게 살아 왔다를 보여주기 위해 이 책을 썼습니다. 하지만 그것보다 더 큰 이유는 우리가 졸업앨범이나 옛날 사진을 보면서 추억을 회상하듯이 이 글도 마찬가지로 후에 추억으로 남겨졌으면 하는 바람이 있기 때문입니다. 이 책은 일기 형식으로 그냥 저의 이야기를 적어놓은 글입니다. 이야기 당시의 사진들도 포함되어있습니다. 제가 이 글을 남기는 것처럼 여러분도 추억을 많이 남기셨으면 좋겠습니다.

무더운 여름날의 계곡

　재작년 여름에 포항에 있던 계곡에 놀러 갔었다. 두 번째로 가본 장소였다. 아직도 잊지 못한다. 하늘에 놓인 수많은 별들은 나를 미치게 만들었다. 어릴 때 밤하늘을 보며 우주비행사가 되자 라고 마음을 먹었을 때가 떠올랐다. 그렇게 아름다운 별들을 보며 잠이 든 후 아침 일찍 일어나 계곡에서 흐르는 깨끗한 물로 세수를 했다.

　크으으~ 청량하고 맑은 물로 세수하는 기분은 말로 표현할 수 없는 정도로 기분이 좋았다. 그렇게 세수를 마치고 아침햇살에 빠져 다시 잠을 자다가 11시쯤 일어나 물놀이 할 준비를 했다. 그 계곡은 구간마다 수심이 깊은 지점, 수심이 낮은 지점 등 천차만별이었다.

나는 겁이 나서 얕은 곳에서 몸을 풀다가 저기 멀리서 다이빙하는 사람이 보이길래 구경하려고 수심이 깊은 곳으로 갔다. 다이빙하는 사람들이 꽤 많아서 나도 도전해보겠다는 생각도 해보았지만, 겁보인 나는 그 생각을 접었다. 나는 수영은 잘 못 하지만 잠수는 잘해서 잠수만 엄청나게 하다가 점심을 먹고 집에 갔다.

워터 파크에 가다 - 스파밸리에서의 기억

어느 무더운 여름날, 나는 내가 그토록 원하던 스파밸리에 왔지만 나는 울고 있었다. 사건의 전말은 이렇다. 사건 발생 일주일 전, TV에서는 엑스코 물놀이장이 개최된다는 광고를 하고 있었다. 항상 워터파크~ 워터파크~ 노래를 하고 있었던 나를 기억하고 있던 엄마는 이 광고를 보고 아빠에게 나랑 여기 데리고 가서 놀라 했다. 하지만 난 몰랐다. 그곳이 유아 수영장이었을 줄은… 기대를 한 움큼 가지고 도착해서 봤더니 한 5~8살로 보이는 애들이 놀고 있는 거다. 나는 "내 나이가 초3인데 유치하게 이런 데서 노냐고" 라 하며 떼를 썼다. 나의 고집을 이기지 못한 아빠는 결국 택시를 타서 나와 스파밸리에 도착했다. 다시 기분이 풀린 나는 싱글벙글 웃으며 엄마한테 스파밸리에 왔다고 전화를 했다. 엥??? 엄마가 화를 내는 것이다. 놀란 나머지 나는 다시 울었다. 그때는 충격받아서 엄마가 왜 화났는지 몰랐지만 지금 다시 떠올려보면 엑스코에서 스파밸리까지 택시 계속 타고 다니면서 돈도 낭비하고 시간도 낭비해서 화냈었던 거 같다. 아침 8시에 나가서 오후 2시에 도착했으면 말 다 한거다. 아무튼 입구에 들어가 보니 수영장 물 냄새가 물씬 났고 그 냄새는 슬펐던 나를 진정시켰다. 나는 그 당시 무서운 놀이기구를 못 탔기 때문에 그다지 높지 않은 워터슬라이드들만 골라서 탔다. 그런데 아빠가 계속 유아용 워터슬라이드에서 나와 놀아주다 보니 재미가 없었는지 나와 무서운 워터슬라이드를 타러 가자고 제안했다. 나는 당연히 못 타지만 세보이고 싶은 마음에 타러 가자고 했다. 나와 아빠는 부메랑 워터슬라이드에 줄을 섰고 시간은 흘러 우리가 탑승할 차례가 되었다. 나는 워터슬라이드의 입구 내부가 시커면 걸 보고 태어나서 처음으로 암흑의 공포를 느꼈다. 나는 아빠한테 타기 싫다고 징징거렸다. 징징거린 지 1~2분이 지났을까.. 뒤에 분들에게 너무 민폐를 끼치는 것 같아 아빠가 그럼 타지 말자고 했다. 나는 이때까지 줄을 기다린 시간이 너무 아까운 나머지 갑자기 다시 타겠다고 말했다. 그렇게 안전요원이 튜브를 밀어주었고 튜브는 암흑 속으로 빨려 들어갔다. 10초 정도는 아무 느낌 없이 슈우욱 가다가 갑자기 빨라지더니 이내 심장이 떨어지는 느낌이 들었다. 나는 눈을 감고 소리를 계속 질렀다. 그러다가 눈을 뜨니 끝이 났다. 끝나고 나니 탄 기억도 안 났지만, 은근히 재밌었다. 나는 또 타고 싶다는 생각과 다시는 안 탈거라는 생각이 동시에 들었다. 근데 아빠가 슬라이드를 또 타자는 거다. 이번에는 방금 탔던 부메랑이 아닌 슈퍼볼을 타자했는데 이거는 뭔가 안 무서워 보여서 흔쾌히 수락했다. 근데 이것도 또 입구까지 오니 겁에 질렸다. 왜 무서운 슬라이드들은 하나 같이 입구가 아무것도 안 보이는 걸까? 이 암흑이 공포를 증폭시키는 것 같다. 이 생각 때문에 어두우면 무섭다는 고정관념이 생겼다. 비교적 안 무섭고 크지 않은 워터슬라이드도 안이 어둡다면 무서운 워터슬라이드라고 생각됐다. 나는 이제 슈퍼볼의 튜브에 탑승했다. 이번에도 안전요원이 밀어줬고 튜브는 출발하였다. 근데 아까와 달리 덜 무섭다고 생각했더니 눈을 뜨고 주행을 할 수 있었다. 아까처럼 심장이 떨어지는 그 기분을 느꼈는데 이제는 이 느낌을 즐겼다. 이 워터슬라이드의 특징은 가다가 중간에 큰 그릇 같은 곳으로(야외)로 나오는데 이때 여기서 빙빙 돌다가 구멍으로 빠진다. 이때 안 빠지면 직접 안전요원이 와서 그 구멍 속으로 넣어준다. 거기 있는 안전요원이 정말 힘들어 보였다. 그 안전요원은 온종일 땡볕에 몸을 드러내고 있어야 해서 아마 선크림을 바르지 않으면 2도 화상을 입을 것이다. 아무튼 이번 탑승은 순조롭게 끝이 났다. 이제는 배가 고파졌다. 아빠한테 츄러스를 사달라고 했다. 꿀맛이었다. 잘 먹다가 가격을 보고 갑자기 목이 턱 막혔다. 츄러스 하나가 짜장면 한 그릇보다 더 비싼 게 말이 되는가? 짜장면도 2000원에 파는데 츄러스를 3천원? 맛은 있었는데 너무 비싸서 아껴 먹었다. 츄러스를 다 먹고 나서 내가 제일 좋아하는 뉴스풀에 갔다. 뉴스풀에서 놀고 난 후 하늘을 보니 어두워졌고 시간을 보니 8시였다. 나갈 준비를 하고 스파밸리를 떠났다. 하늘에서는 폐장을 알리는 폭죽이 터지고 있었다.

여러 가지 추억들

　나는 여러 가지 추억들이 있다. 내가 지금 이와 같은 추억이 담긴 사진들을 볼 수 있는 이유는 엄마 덕분이다. 엄마는 내 사진 찍는 걸 되게 좋아했다. 두께가 주먹만 한 사진앨범이 몇 개나 있다. 사진들을 보면 나는 거의 다 웃고 있다. 아마 대부분 내가 정말 즐거웠을 때를 엄마가 포착해서 찍은 것 일거다. 나는 어릴 때 되게 잘 웃었기 때문에 그런 거 같기도 하다. 근데 어떤 거는 엄마가 사진을 너무 많이 찍어서 찍기 싫지만, 억지웃음이 담긴 사진들도 있다. 맨 마지막 사진은 엄마가 너무

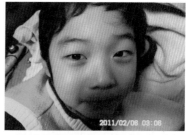

많이 찍으니까 귀찮아서 표정이 뚱 해져있는 모습이다. 나는 그 당시 엄마가 왜 이리 사진을 많이 찍는지 도무지 이해가 안 갔지만, 이제는 안다. 시간은 가고 다시 되돌릴 수 없다. 힘든 순간에 이미 지나간 행복한 시절을 회상하며 행복을 느끼기 위해 사진, 즉 순간을 담아두는 것이다.

유치원

　나는 어린이집과 유치원을 다닐 때가 이때까지 살아오면서 남은 기억 중 가장 많은 부분을 차지하고 있다. 아마 이때가 가장 행복했기 때문일 거다. 친구들과 놀고 현장체험학습, 수목원에 가서 애들과 숨바꼭질을 한 기억 사진을 찍은 기억, 모자를 잃어버린 기억까지 생생하게 난다. 나는 이때 천문학을 되게 좋아했다. 엄마가 콘푸라이트를 사 온 적이 있었는데 거기에 딸려온 CD가 우주 다큐멘터리였다. 나는 그 다큐멘터리를 보고 큰 감명을 받았고 매일 달과 별을 생각하며 훗날 우주비행사가 돼야겠다는 꿈을 꿨다. 사는 게 지칠 때 가장 행복했던 이 순간들을 떠올리면 절로 웃음이 나온다. 어린이집, 유치원 친구들아 보고 싶다. ㅠㅠ

Epilogue

이 글을 쓰면서 추억에 많이 잠겼다. 글을 쓰면서 예전의 일들을 생각하니 시간이 정말 빨리 지나간다는 생각이 들었다. 그리고 이 활동은 '매 순간 감사하고 행복하게 살아가자' 라는 각오를 하게 만들었다. 미래에 있을 이야기인 수능 만점도 열심히 노력해서 실현하고 싶다.

감사합니다.

우리들의 이야기

루트 18, 끝나지 않은

우리들의 이야기

나만의
자서전

심우진

21

심우진

생년월일	2003. 5. 28.
혈액형	AB
취미	게임하기, 베이스기타 치기
장래희망	치과의사, 생명과학 선생님
좋아하는 노래	12:45(Etham), 사랑이 잘(아이유)

Prologue

이 책은 내가 처음 써보는 책은 아니다. 초등학교 때도 짧은 글을 써서 책으로 출판해본 경험이 있다. 그때의 필력을 생각해보면 지금과는 매우 다를 거라는 생각이 든다. 나의 18년 인생 일대기를 적는다고 생각하면 너무 진지하게 쓰고 싶지는 않지만 내 필체가 이런 건 어쩔 수 없는 것 같다. 이 책을 쓸 생각을 하며 내가 살아온 날 중에 어떤 일들이 있었는지 곰곰이 생각해보았다. 생각보다 많은 일들이 있었다. 좋은 일, 슬픈 일, 등등. 나의 이야기를 쓰는 만큼 내가 인상 깊고 기억에 남았던 일들을 주로 쓰려고 한다. 별일 아닌 것처럼 보일 수 있는 일들이라도 나에겐 큰 의미가 있는 일들이었으니 누군가 읽게 된다면 그냥 아무 생각 없이 재밌게 읽어줬으면 좋겠다.

나의 첫 무대

중학교 1학년 때였다. 나는 친구들과 평소에 음악실에 가서 나는 피아노치고 다른 한 친구는 드럼을 치는 등 놀곤 했었다. 그러다 축제 기간이 되어 담임 선생님께서 "이번에 축제하는데 나가고 싶은 사람은 신청해라~"라고 하셨다. 그 후 내 친구가 나에게 오더니 "우진아, 축제 처음 하는데 한번 나가보자!"라고 제안했다. 나는 솔직히 피아노를 그렇게 잘 치는 것도 아니라서 좀 고민되긴 했지만, 친구들과 좋은 추억을 쌓을 겸 친구의 제안에 수락했다. 그렇게 우리는 피아노, 드럼, 통기타, 보컬 4명이 계속 연습했다. 음악 선생님께 방과 후에도 음악실을 사용해도 되겠냐고 부탁드리자 선생님은 열심히 하는 모습이 보기 좋다며 음악실 열쇠를 내주셨다. 우리는 축제 전까지 방과 후마다 남아서 계속 연습에 연습을 거듭했다. 한 날은 너무 늦게까지 하는 바람에 밖이 어두컴컴해져서 다들 무서워서 소리 지르면서 뛰어나간 적도 있던 거 같다. 마침내 축제날이 다가왔다. 우리는 무대 올라가기 전에 분장실(영어실)에 가서 머리에 왁스를 바르고 힘을 줬다. 그렇게 모든 준비를 마친 후 우리는 뜨거운 박수와 함께 무대에 올라갔다. 그때 얼마나 긴장됐는지 악보 보는 법도 까먹을 뻔했다. 하지만 노래가 시작되는 순간 집중하였고 내가 정신을 차렸을 때는 노래가 끝난 뒤였다. 성황리에 끝냈을 때 기분은 이루 말할 수 없었다. 연습의 결과가 빛을 발하였고 우리 넷은 뿌듯해하며 기뻐하였다. 내 인생의 첫 공연은 그렇게 행복하게 마무리되었다.

패러글라이딩

다들 한 번씩은 하늘을 나는 상상이나 꿈을 꿔본 적이 있을 것이다. 우리의 꿈을 실현해 줄 수 있는 활동 중 하나가 패러글라이딩이다. 나는 고소공포증이 없어서 한 번쯤은 패러글라이딩이나 번지점프를 해보고 싶다는 생각이 종종 든다. 그러다 아빠가 나에게 방학 때 단양에 놀러 가자고 하였다. 방학 때마다 아빠 친구네 가족 서너 집들과 놀러 갔었기 때문에 나는 흔쾌히 간다고 하였다.(아빠 친구들과는 어릴 때부터 삼촌이라고 불러서 편의상 삼촌이라고 호칭하겠다) 무더운 여름을 차 안에서의 에어컨으로 보내며 우리는 단양에 도착했다. 우리는 대구에 살고 다른 삼촌들은 서울에 살아서 가장 먼저 도착했다. 나랑 동생은 짐을 풀고 집에서 틀지 못하는 에어컨을 18도로 맞춰놓고 현대문명을 즐겼다. 삼촌네 가족들도 좀 이따 도착했다. 삼촌네 가족들이 오면 우리의 평화로운 시대는 막을 내리는데. 바로 삼촌네 가족들의 딸들이다. 거의 다 나보다 어린 유치원생이나 초등학생 저학년이라 중2였던 내가 놀아줘야 했기 때문이다. 나는 어린애들이나 아기들을 귀여워해서 잘 놀아주고 아이들도 잘 따라줘서 재밌게 놀아주었다. 보통 오후 2시쯤 다 모이는데 그때부터 7시까지는 나와 내 동생이 애들을 놀아주곤 했다. 그러나 내 동생은 놀아주는 것을 그렇게 좋아하지 않아서 조금 놀아주다 나한테 맡기기 일쑤였다. 그래서 내가 5~6명 되는 아이들 모두 한 번에 데리고 놀아준다. 그렇게 놀아주는 것은 딱 들으면 정말 힘들어 보이지만 지금 사회는 자본주의 사회라 했던가, 삼촌들이 주는 돈은 나에게 큰 동기부여가 된다. 그렇게 놀아주다 7시가 되면 드디어 내가 기다리던 고

기 파티를 한다. 우리 아빠는 요리 담당인데 과장 하나도 없이 웬만
한 주부들보다 요리를 훨씬 잘하신다. 그래서 아빠가 이것저것 요리
하시면 우리는 맛있게 먹는다. 근사한 저녁을 먹고 다음날 나는 아침
을 먹고 무엇을 할까 생각하다가 문득 단양에 패러글라이딩 할 수 있
는 곳이 있다고 들은 기억이 났다. 한번 해보고 싶은 마음에 아빠한테
가서 얘기했더니 흔쾌히 수락했고 우리 가족과 몇몇 삼촌들은 패러
글라이딩을 타러 갔다. 패러글라이딩을 탈 때 사람들은 날기 직전이
가장 힘들 거라고 생각할 거 같고 나도 그랬다. 그러나 가장 힘든 것
은 의외로 패러글라이딩을 타러 높은 곳으로 갈 때였다. 내가 갔던 곳
이 그랬던 것인 진 모르겠지만 작은 봉고차에 사람들이 끼어 앉아서
올라가는데 가파르긴 엄청 가파르고 정말 구불구불하였다. 그 더운
날에 딱딱 붙어 앉아서 구불구불한 오르막길을 올라가다 보면 정말
없던 멀미도 생길 지경이었다. 그렇게 한참 고생하고 패러글라이딩

하는 장소에 도착했다. 거기는 넓고 높았다. 난 절벽에서 뛰는 줄 알
았는데 내리막길에서 달리다가 활공하는 것이었다. 나를 태워줄 전
문가 한 분과 나는 같이 내리막길을 뛰어갔다. 뒤에 낙하산이 있어서
그런지 생각보다 잘 안 달려졌다. 있는 힘껏 달리다 보면 갑자기 발
이 떼어지는데 그때 좀 무서웠다. 그러나 곧 진정하고 주위를 살폈는
데 그때의 설렘은 잊을 수가 없다. 주변의 자연환경이 한눈에 들어왔
다. 그 광경은 내 눈동자 속에 담겼고 내 눈동자 속에 들어온 광경은
정말로 장관이었다. 단순히 사진으로 보는 것과 내가 직접 바람을 느
끼며 보는 것은 천지 차이였다. 나는 넋 놓고 구경했고 정말로 이대
로 계속 날고 싶다는 생각이 들 정도로 황홀하였다. 그렇게 한 10분
을 날고 다시 지상으로 돌아왔다. 그때의 10분에 느꼈던 감정들은 아
직도 잊지 못하였다. 만약 다시 패러글라이딩을 하러 가게 된다면 난
또다시 할 거 같다. 다른 장소에서 다른 광경을 또 보고 싶다.

봉사의 의미

나는 봉사를 좋아하는 사람이다.
교회에서 자라서 그런 건진 모르겠
지만 애들 돌봐주고 놀아주는 것부
터 해서 교회 청소, 행사 뒷정리 등
교회에서 봉사를 배운 것 같다. 어릴

때 하고 한동안 하지 않았던 봉사가 대학교 와서 생각나는 것은 스펙
때문인지 예전의 뿌듯함인지 모르겠지만 봉사를 해보고 싶다는 생
각이 문득 들었다. 그렇게 생각만 하고 대학 생활을 하다 방학이 되
었다. 대학교 방학은 고등학교 방학보다 길어, 할 수 있는 게 많았다.
그때 불현듯 봉사가 내 뇌리를 스쳐 지나갔다. 그 후로 나는 바로 국
경 없는 의사회에 봉사를 신청했다. 며칠 기다린 결과, 나는 내가 바
라던 봉사를 하게 되었다. 내가 간 곳은 케냐이었다. 혼자 멀리 나가
는 것은 무서웠지만 좀 들뜨기도 했다. 케냐에 마음 단단히 먹고 갔
더니 내 생각보다 심각했다. 많은 아이들. 노약자들이 질병으로 인해
고통 받고 있었고 제대로 된 식수조차 없어 오염된 물을 마시는 사람
이 대부분이었다. 나는 아직 경력이 부족해 다른 봉사자들 물품 전달
하고 치료를 어시스트해주는 일을 하였다. 종일 땡볕에서 돌아다니
다 숙소 와서 쉬는 데 정말 힘들었다. 그때 새삼 우리가 무관심하던
자원봉사자들이 얼마나 고생하는지 느꼈다. 그리고 나도 그들 중 일
부가 된 거 같아 뿌듯했다. 그렇게 몇 달을 봉사하고 다시 한국으로
귀국했다. 피부는 다 타고 몸은 지쳐있었지만, 마음만은 따뜻했다.
내게 있어서 가장 뜻깊은 추억이 될 거 같다.

의사로서의 첫 시작

드디어 지겹던 대학교 6년을 지나 의사 면허증을 땄다. 내 첫 시작은 내가 나온 경북대학교의 대학병원 응급실로 정했다. 수도권으로 나가보고도 싶긴 하지만 대구에 정이 들렀는지 저곳으로 가기로 했다. 첫 출근은 역시 긴장된다. 가서 신을 편한 슬리퍼와 새로 받은 따끈따끈한 명찰을 들고 지하철을 탔다. 병원에 도착해서 내리자 오랜만에 긴장감을 느꼈다. 병동에 들어가 내 선배들에게 인사를 했다. "선배님들, 안녕하십니까, 경북대학교 의과대학을 나온 인턴 심우진입니다!" 그러자 선배님들께서 반갑다고 환영해주었다. 그중 한 선배가 나에게 와서는 "내가 너를 가르칠 사수야 잘 따라와"라고 하셨다. 좀 엄격해 보이긴 하지만 나빠 보이진 않았다. 그날은 선배를 따라 어디 병동에 무슨 과가 있는지 둘러보고 선배를 따라다니며 환자를 보러 다녔다. 내가 어릴 때 갔었던 응급실에서는 그렇게 바빠 보이지 않았다. 하지만 지금 의사가 되어 응급실에서 의료행위를 하는 처지에서 다시 보니 생각보다 매우 바빴다. 하루에도 환자는 끊임없이 들어왔고 우리는 새로 들어온 환자들을 계속 봐야 했다. 첫날부터 이렇게 빡세게 돌릴 줄은 몰랐다. 점심도 대충 먹고 다시 일하러 가야 했다. 난 처음이라 혼자 진료를 보고 결정할 정도의 수준이 되지 않아 계속 그 선배를 따라다니며 선배가 진료 보는 것을 구경하였다. 선배는 무뚝뚝한 첫인상과 달리 환자들에게 되게 친절했다. 엄청 바빠 정신없고 힘들만 한 데 모든 환자에게 친절히 대하는 모습을 보고 큰 감명을 받았다. 그 선배가 나중에 내가 환자들을 대하는 태도에 크게 영향을 끼쳤던 것 같다. 그렇게 내 타임을 끝내고 왔는데 종일

앉지도 못하고 환자들을 살펴보고 다니니까 눕자마자 쓰러졌다. 첫 날은 적응하느라 많이 힘들었지만 내가 원하고 바라왔던 의사 생활 이 실감이 나는 것 같아 뿌듯하기도 했다. 이제 내일 출근을 위해 얼 른 자야겠다. 오늘 하루 수고했어, 우진아.

Epilogue

이 책을 나중에 읽게 되면 엄청 오글거릴 것 같다. 내 이야기를 이만큼 진솔하고 솔직하게 쓴 적이 잘 없었던 이유도 있는 것 같다. 나의 이야기를 쓰는 동안 내가 잊었던 과거의 추억들에 대해서 다시 떠올리게 된 계기가 되었다. 또한 미래에 진짜 내가 이렇게 됐으면 하는 바람이 많이 들어간 것 같다는 생각이 들었다. 나중에 이 책을 읽으며 진짜 나중에 커서 내가 적은 이대로 될지 궁금하다. 고등학교 때 책을 써보는 것은 나에게 큰 경험이 되었다. 나중에도 평생 소중한 기억에 남을 것 같다.

우리들의 이야기

루트 18, 끝나지 않은 이음

INCIDENTS

이지호

22

이지호

나이	18세
학교	대구동문고등학교
가족관계	어머니, 아버지, 여동생, 나

심바

Prologue

이 책은 나의 과거에 일어났던 일들 중 인상적이거나 나에게 인상적인 영향을 끼쳤다고 생각되는 일들과 미래에 일어나길 바라는 일들 중 필수적으로 일어나거나 구체적으로 생각하고 있는 일들은 썼다. 이 책을 쓰다 보니 과거에 일들로 인해 내가 어떻게 변화하였고 미래에 내가 이루길 바라는 일들을 구체적으로 생각하게 되어 지금의 나 자신에게 동기부여가 되니 이 책을 읽게 되는 사람들도 미래에 원하는 것을 구체적으로 생각해 보는 것을 추천한다.

컴퓨터

아마 중학교 2학년 때쯤일 것이다. 어쩌다 보니 성능 좋은 컴퓨터를 사게 되었다. 나는 원래 쓰고 있던 노트북을 자주 못쓰게 되면서 컴퓨터를 사려고 하였다.

하지만 그 당시에 나에게는 터무니없는 일이었다. 내가 하고 싶은 게임을 하려면 성능 좋은 컴퓨터를 사야 되는데 성능 좋은 컴퓨터는 100만 원대이기 때문이다. 그래서 돈을 모아서 사려고 하다가 아버지에게 한번 말해 보았는데, 흔쾌히 사주겠다고 하셨다. 내가 평소에 아버지에게 뭔가 사 달라 한 적도 별로 없었고 공부도 알아서 한다는 인식이 있었기에 그러신 것 같다. 그래서 나는 친구에게 물어보거나 인터넷을 통해 컴퓨터 부품을 사서 조립하였다. 아마 140만 원쯤 들었던 것 같다. 컴퓨터를 산 이후로 내 생활은 더 편리해 졌다. 이전에 노트북을 사용할 때에는 가족 모두가 사용했고 가끔씩 엄마가 일에 필요하면 가져갔기에 필요할 때 쓰지 못하는 경우도 있었다. 하지만 컴퓨터를 사면서 내방에 두었기에 내가 자유롭게 사용할 수 있었다. 컴퓨터를 사면서 내 생활이 매우 많이 바뀐 것 같다. 지금은 그 이전의 생활을 상상조차 할 수 없을 정도이다. 이 컴퓨터는 지금도 사용하고 있고 잘 쓰고 있다.

고양이

나는 중학교 3학년 때 갑작스럽게 고양이를 키우기 시작했다. 어느 날 주말에 학원을 갔다 오니 집에 덩치 큰 갈색 고양이와 덩치가 작은 흰색 고양이가 현관문 앞에 누워있었다. 이름은 심바와 뀨다. 심바는 뀨의 아들이다. 심바는 덩치가 크다. 뀨의 1.7배쯤은 되는 것 같다. 처음에 왔을 때에는 경계가 심해서 밤에는 베란다의 창고 쪽에서 숨어 있었다. 며칠 지내보니 심바는 덩치는 큰 주제에 겁쟁이였고 뀨는 덩치 작은 주제에 되게 사나웠다. 심바는 뭐만 하면 도망가고 뀨는 뭐만 하면 하악질을 하거나 앞발을 휘두르거나 물려고 했다. 고양이가 때리는 건 솜방망이라고 들었는데 뀨의 발은 솜방망이가 아니었다. 지금은 뀨와도 어느 정도 친해져서 내가 선을 넘는 행동만

하지 않으면 가만히 있다. 심바는 밥을 적게 먹는데도 살이 많이 찌고 뀨는 나나 내 동생이 먹는 음식도 어떻게든 먹으려 할 정도로 식탐이 많은데 살이 정말 안 찐다. 나중에 나는 심바와 친해졌고 동생은 뀨와 친해졌다. 나와 심바는 그냥 어느 순간부터 친해져 있었고 동생은 뀨와 계속 접촉을 시도해서 오랜 시간에 걸쳐서 친해졌다.

고양이들 밥 주기와 화장실 청소는 내가 하고 있으며 고양이를 씻기거나 털을 깎는 것은 내 동생이 한다. 고양이 화장실 치우는 게 제일 힘들다고 생각했는데 내 동생이 고양이를 씻기고 나와서 생긴 고양이가 할퀸 자국을 보면 그렇지도 않은 것 같으면서도 그런 것 같다. 우리 집 고양이는 장난감을 정말 잘 안가지고 논다. 낚싯대 장난감은 사고 1~2일 정도만 잘 가지고 놀고 그 후부터는 눈앞에서 열심히 흔들어도 건드리지도 않는다. 인형 종류의 장난감은 운이 좋으면 하루정도 가지고 놀아준다. 그다음부터는 그냥 바닥에 굴러다닌다. 캣타워도 사주었는데 너무 저렴한걸 산건지 지금은 휘청거려 못쓰게 하고 있다. 사실 저렴하다고 해도 좀 비싸다. 그래도 이제 고양이들은 내 삶에 있어서 없어서는 안 될 존재가 되었다. 집에 오면 문 앞에 달려와서 날 반겨주거나 밥이나 간식을 잘 먹는 모습을 보면 뿌듯하고 가끔씩 스트레스를 받으면 심바를 안는데 그게 정말 인생의 낙

이다. 그리고 내가 자려고 할 때 내 베개를 베고 자는 모습을 보면 너무 귀엽다. 이제는 고양이가 없는 삶은 상상이 안 된다.

내 드림카

　난 고등학교 1학년 때 분노의 질주라는 영화를 보았다. 이 영화는 레이싱 영화지만 속편이 나오면서 점점 액션으로 바뀌었고 난 액션 영화를 좋아하기 때문에 보게 되었다. 처음엔 레이싱 영화였기에 차가 자주 나온다. 난 이 영화에서 주연인 도미닉 토레토(빈 디젤)이 타는 차인 닷지 차저에 빠지게 되었다. 이 영화에서 보았던 닷지 차저는 1970년대의 닷지 차저로 옛날 디자인이지만 내 취향 이였고 내 첫번째 드림 카가 되었다. 이후에 1970년식 닷지 차저에 대해 알아보고 최근에 닷지에서 생산하는 차량들을 알아보았다. 최근에 생산하는 차량 중 내가 좋아하는 차량은 닷지 챌린저인데 차저는 현대적인 디자인으로 바뀌어 최신형 닷지 차저는 별로 좋아하지 않는다. 반면에 닷지 챌린저는 옛날의 디자인을 최대한 가져온 디자인 이였기에 내 취향이었다. 닷지 챌린저는 미국의 3대 머슬카 중 하나로 나머지 두 대는 포드 머스탱과 쉐보레 카마로가 있다. 나는 나머지 두 대도 좋아하지만 옛날 디자인을 최대한 가져온 머슬카는 닷지 챌린저가 유일하기 때문에 나의 드림카는 닷지 챌린저가 되었다. 이후 닷지 챌린저 중 고성능의 모델은 데몬과 헬캣이 있는데 데몬은 헬캣의 상위 호환이지만 한정 생산이며 가격이 1억을 넘어간다. 그리고 헬캣은 데몬 보다는 성능이 낮지만 그래도 결코 낮은 성능은 아니며 이후 후기형인 srt 헬캣 레드아이가 출시되기도 하여 최종적으로 내 드림카는 닷지 챌린저 srt 헬캣 레드아이가 되었다.

Epilogue

이 책을 쓸 때 과거에 겪었던 일들과 미래에 생기길 바라는 일들을 썼다. 과거에 겪었던 일들에 대해 쓰면서 과거에 내가 겪은 일들을 생각해 보았는데 그다지 별 일이 없었다고 생각했지만 막상 하나씩 써보면서 많은 일들을 겪은 것을 깨달았다. 좀 큰일부터 남이 보기엔 너무나도 작은 일까지 다양한데 그중 나에게 가장 의미가 있었다고 생각한 일들을 이 책에 썼다.

미래에 생기길 바라는 일들에 대해 쓰는 것은 생각보다 어려웠는데 나에게 생기길 바라는 일들을 생각해보니 이룰 수 있을 것 같으면서도 이룰 수 없을 것 같았다. 난 지금 당장에는 물욕이 별로 없지만 이후에 돈을 벌게 된다면 하고 싶은 것들은 매우 많기 때문에 미래에 대해 적자면 매우 많이 적을 수 있다. 하지만 그중 대부분은 이루어지기 힘들다고 판단했고 내가 정말로 바라는 것이 무엇인지 생각해보며 썼다. 첫 번째로 나오는 취업은 내가 미래에 생기길 바라는 일들 대부분은 안정적인 수입을 필요로 하기 때문에 필수적 이였다. 다만 그 과정을 만드는 것이 어려웠고 써 보니 좀 비현실적 이였다. 이후에는 난 어릴 때부터 동물을 키우는 것을 좋아했었고 여러 가지 동물을 키우고 싶어 했기에 그중 하나를 선택해 쓰게 되었다. 그리고 마지막으로 차에 대해 쓰게 되었는데, 내가 생각하는 미래에서 일어나길 바라는 것이 크게는 세 가지가 있는데 동물, 차, 집이다. 그중 동물은 이미 썼고 집에 대해서 쓰기에는 그쪽과 관련해 큰 목표 없이 단순히 집을 가지고 싶다는 생각밖에 없기에 차를 선택해 쓰게 되었다. 쓰고 보니 매우 비현실적이지만 미래에 이 책의 내용과 타협점을 찾아 이 일들을 이루기를 바란다.

우리들의 이야기

루트 18, 끝나지 않은 이름

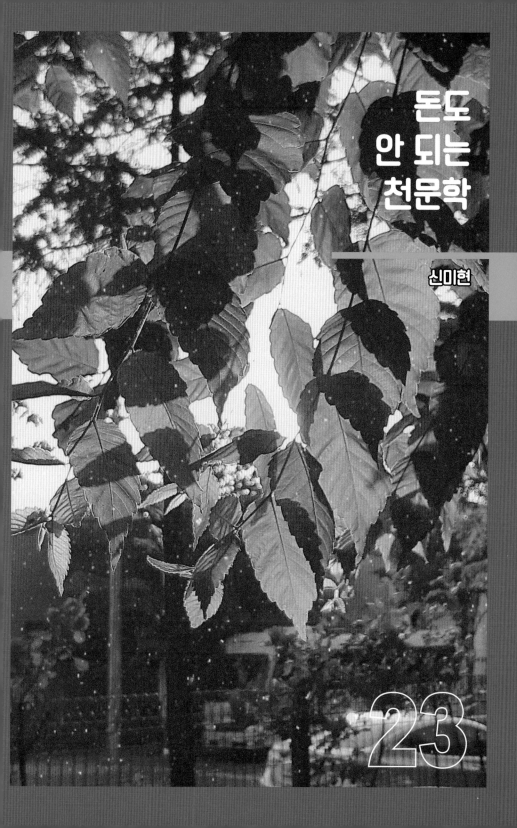

돈도
안 되는
천문학

신미현

23

신미현

어릴 때부터

1. 무언가를 만들거나

2.책 읽기

3. 주변 정리하기

와 같은 것을 하며

시간을 보내기 좋아했다.

Prologue

-Memento Mori, 죽음을 기억하라-

네가 잘하는 것은 뭐야?

네가 좋아하는 것은 뭐야?

네가 자주 하는 것은 뭐야?

커서 뭐가 되고 싶니?

그거 가지고 되겠어?

너만 힘든 거 아니야

이번에 잘 쳤어?

그 성적이면 서울 갈 수 있나?

하고 싶은 게 있으면 됐다.

천문학과엘 간다고?

거기 가서 먹고 살수나 있겠니?

가고 싶으면 보내 줄게.

에이 씨, 돈도 안 되는 천문학!

우리 ○○이는 공무원 하면 잘하겠다.

왜 또 과학이야….

어쩌면 사소하지만 내 또래라면 누가 되었든 한 번쯤은
들어 보았을 말들이다. 나는 그리 대단한 사람이 아니기에,
분위기 망치기 싫고 어른이고 엄마 아빠가 부끄러운 게 싫어서,
정성 들여 웃어넘기곤 했다.

이 책은 절대 거창한 것이 아니다.

다만, 그때.

어른들이 무심코 조언해 주겠다고 던진 말에,

보름달이 지도록 잠 못 들던 나에게.

앞으로도 이런 말을 듣고 웃어넘겨야 할 나에게.

인생은 영원하지 않기에 하고 싶은 일을 하며 살아가라고.

감히 나에게 전한다.

틈틈이, 때로는 하루 종일

나는 예전부터 손으로 무언가를 만드는 일을 좋아하곤 했다. 우리 엄마는 나를 임신했을 때 십자수를 주로 했다고 하셨고 아빠는 자주 무언가를 만들거나 하시지는 않지만 내가 했던 것들 중 몇 가지를 같이 했던 것을 생각해 보면 아빠도 꽤나 손으로 하는 일에 재주가 있으셨던 것 같다.

시작은 초등학교 5학년 때 친구가 시작했던 미니어처였다. 유명한 유튜버인 '달려라 치킨'의 영상을 보고 시작했던 것인데 '레몬 토핑 만들기'부터 시작해서 딸기, 키위, 돈가스, 스테이크까지 소소한 것들을 만들곤 했다. 아무래도 내 스스로 돈을 쓰는 것이 자유롭지 않은 때였다 보니 생일, 어린이날, 크리스마스 같은 특별한 날에 2~3만 원 씩 부모님께서 사주시는 것들을 주로 썼었다. 지금 보면 12~14살 짜리가 만들었던 것치곤 굉장히 잘했는데 그때는 만족하지 못했던 것 같다. 아직도 그 때 썼던 재료들이 침대 밑에 남아있는데 언젠가 시간이 남으면 다시 시작해보고 싶다.

미니어처에서 국물이나 음료 등을 표현할 때 쓰는 재료에는 여러 가지 종류가 있지만 그중 내가 가장 애용했던 것은 '레진'이었다.(어른들에게 이것에 대해 말씀드리면 이빨을 가리키시곤 한다.) 능숙하지 않더라도 꽤 그럴듯한 작품을 만들 수 있는데 이것은 지금까지도 잘 활용하고 있다. 처음 시작했었을 때는 다른 사람들이 올려놓은 작품들을 카피하여 연습용으로 많이 만들곤 했는데 요즘은 내가 좋아하는 캐릭터나 가수의 사진, 스티커를 활용하여 '내가 갖고 싶은 것'이나 나의 '친구들이 좋아할 만한 것'을 만들어 선물하곤 한다. 나 혼자

가지고 노는 것도 좋지만 친구들이 그것을 받고 좋아하는 것을 볼 때면 내 것을 만드는 것 이상으로 행복한 기분이 들곤 한다.

　마지막으로 쓸 취미생활은 바느질인데 이렇게 쓰니 좀 할머니 같다. 중학교 1학년 어린이날 선물로 '베이비돌'이라는 인형을 엄마가 사주셔서 그 인형의 옷을 만들고자 시작했던 것인데 이걸 하는 동안은 거의 하루 종일 집에서 바느질만 한 적도 있었다. 그렇다 보니 손가락에 굳은살도 생기고 도안이나 바느질 방법에 대해서는 잘 알고 있는 편이었는데 얼마 전에는 예전에 만들었던 것을 팔아보기도 했다. 바로 '인형 마네킹(토르소)'인데 돈을 많이 받지는 않았지만 받고 기뻐하시는 것을 보니 그걸 보는 나도 기분이 좋아졌다.

　위의 세 가지는 중학교 3학년 때까지 자주 하다가 고등학교에 들어와서는 시간이 너무 없어진 탓에 하루 종일 그걸 붙들고 있을 여유가 없어 반강제로 그만두게 되었다. 다만 습관이 쉽게 바뀌겠는가. 어찌 됐든 중학교 때보다 배로 어려워지고 많아진 공부와 과제에 스트레스를 풀 방법은 증발해버린 탓에 다른 취미를 찾기 시작했고, 지금은 스티커와 메모지에 집착하고 있다. 빈티지한 디자인과 수많은 캐릭터, 또 레트로까지. 좋아하는 디자인의 문구들을 모으고 있다 보면 분명 스트레스가 풀리고 기분이 좋아지는 것이 맞지만, 때로는 너무 많은 돈을 쓴 탓에 취미생활에 후회하고 또 자책한다. 항상 적당히 하지 못한 것이 문제인데, 그래서 요즘은 하루에 쓸 수 있는 돈을 정해놓고 그날만큼만, 혹은 누적된 돈만큼만 쓰도록 용돈기입장을 쓰기 시작했고 그래도 효과가 꽤 있는 것 같아 다행이다. 당장의 행복도 좋지만 미래와 그 필요성을 따져가며 현명하게 소비할 수 있도록 해야겠다.

Memento Mori

중학교 3학년 졸업식 후, 당시 유행하던 영화 '보헤미안 랩소디'를 보러 갔다. 원래 개봉이 2018년 10월 말이었던 것을 떠올려보면 나는 굉장히 늦게 본 편이었는데 학교에서, 또는 인터넷에서 사람들이 퀸의 음악을 듣고 즐기는 것을 그저 그러려니 하고 지켜보곤 했었다. 영화를 보기 전에는 그저 '옛날 노래'에 지나지 않았는데 영화를 보고 나니 그 음악들이 그렇게 멋있을 수가 없었다. 'Bohemian Rhapsody', 'Radio GaGa', 'We are the Champion'부터 찾아본 노래들인 'Love of my life', '39' 까지 정말 많은 노래를 듣고 꽤 많은 퀸의 팬들을 지켜봤다.

여기까지만 보면 이게 천문학이랑 무슨 상관이지 싶은데, 내가 가장 좋아했던 멤버인 'Brian May'의 전공이 천체 물리학이었다. 다른 아이돌 팬들이 그러하듯이 우리도 꽤 많은 정보를 공유하는 편이었고 그중에는 May 할아버지의 논문, 동물사랑, 채식주의도 그중 하나였다. 정말로 좋아하던 사람들은 논문을 하나하나 해석해서 읽곤 했었는데 나는 그 정도는 아니었기 때문에 그냥 '이런 것이 있구나.' 하고 넘어가곤 했다.

그러던 어느 날, 나는 한 글을 보게 된다. 'EBS 빛의 물리학'을 공유한 글이 그것이었는데 이 동영상을 공유하는 글에 "다큐프라임 빛의 물리학'을 보는 것을 강력히 추천한다. 상대성이론, 양자역학부분 어려운데 진짜 이해 잘 가게 설명하고 있음. 이거 보고 물리 점수만 잘 나왔다.' 라는 글을 보았기 때문이다. 하필인지, 마침인지. 나는 내가 고등학교에 올라가서 과목을 선택해야 하는 것이 아닌 전부 다 하는 것이라고 알고 있었고, '미리 이해해 두면 나중에 편하겠지'라는 생각에 장장 4부에 이르는 영상을 재생시켰다. 아마 그때까지는 엄마도 '이런 걸 보네'하고 칭찬해 줬던 것 같다.

그 영상은 아인슈타인의 상대성이론을 다루고 있었는데 내용이 매우 흥미로웠다. '아니 시간이 빨리 흐른다는 게 말이 돼?', '빛만큼 빨리 달린다는 생각을 한다는 것이 가능한가?' 와 같은 생각들이 스쳐지나가고 수많은 의문만 남긴 채 영상은 끝이 났다.

그리고 시간이 흘러 고등학교에 들어가고 중간고사도 쳤는데 책이 대학 가는데 그리 중요하단다. 부끄럽지만 나는 그때 상대성이론이 물리학의 영역이었다는 것을 몰랐다. 어렴풋하게 떠오른 기억은 영상에서 우주를 배경으로 우주선이 움직이는 배경이었다. 그래서 '자연과학' 코너로 가서 우주 관련 서적이 꽂혀 있는 곳을 뒤져보던 중, 한 가지 끌리는 제목을 발견한다. '십대, 별과 우주를 사색해야하는 이유.' 아직까지도 왜 그 책이었는지 모르겠다. 몇 번 더 가보니 바로 위에 '빛보다 느린 세상'이라는 제목의 책이 있었으니 말이다.

어쨌든 나는 그 책을 읽어갔고, 점점 더 빠져갔다. 인간이 우주를 관찰하고 이론을 개발, 수정해오는 과정을 통해 지금 내가 그 내용을 읽고 있고, 또 내가 그렇게 하고 있으며 후세의 사람들도 내 글을 읽을 것이라는 사실에 가슴 뛰었다. 그날 밤, 나는 오랜만에 하늘을 올려다보았다. 하지만 안타깝게도, 당연하게도. 그저 깜깜했다. 하지만 며칠 그것을 반복한 후, 구름이 완전히 개었던 날, 난 한 가지 반짝이는 것을 보았다. '우와'하며 몇 분 동안 그렇게 서 있었다. 지금 생각해보면 '목성이나 금성이지 않았을까.' 싶다.

또 그러기를 몇 달, 1동 우리 집으로 가기 전 2동의 넓은 도로에서 목을 꺾고 하늘만 쳐다보는 게 하나의 습관이 되었다. 그사이에 한

어플을 알게 되어 대충 저게 어느 별(행성)인지는 알아볼 수 있게 되었었는데, 그때는 여름이었다. 나는 처음으로 별자리를 찾아보게 되었다. 별자리라고 말하기도 뭣하지만, '여름의 대삼각형'이었는데 거문고자리의 베가, 백조자리의 데네브. 독수리자리의 알타이르가 그 주인공이었고, 꽤 오랫동안 그것을 쳐다보곤 운이 좋을 때면 사진도 남기기도 했다. 겨울이 오면 오리온자리가 보일까 싶어 굉장히 기대했었는데 슬프게도 보지 못했다.

이제 다시 대삼각형을 찾아볼 시기가 왔는데 그때와 특별히 달라진 게 없는 것 같아 부끄럽고 속상하다. 여전히 좋아하는 것도 많고 하고 싶은 것도 많아서 마음 다지기가 힘이 든다. 하고 싶은 것을 하려면 더욱 열심히 살아야 하는데 말이다. 이 글이 마음 전환의 계기가 되었으면 한다.

Memento mori, 내가 '천문학을 공부해보고 싶다'라고 마음 굳히게 해준 책에 소개된 단어이다. 이 말은 '죽음을 기억하라'라는 뜻의 라틴어로, 사실 이 책에서는 '별과 우주의 삶에 비하면 인간의 삶은 찰나이니 겸손하게 살아라.'라는 느낌이었지만 특별한 목표 없이 고민하던 나에게는 '찰나인데 무엇을 한다 한들, 다 똑같이 않겠나.'라고 들렸다. 그래서 어떻게 보면 충동적으로, '내가 원하는 대로' 진로를 결정했는데, 이것 때문에 안 좋은 말도 정말 많이 들었었다.

원하면 대학원까지 보내준다 해 놓고 술 취해선 '돈도 안 되는 천문학!'이라며 웃기부터 동생도 '천문학 쪽에 관심 있다.' 했을 때 그 잠깐의 정적, 탐구 대회 2등하고 들었던 "왜 또 과학이야…." 그리고 다시 생각해보라던 어른들의 수많은 취업과 돈타령.

그리고 난 지금 그 어른들이 그리도 바라던 공기업인 한국천문연구원에 취직해 있다. 정말 우습게도, 그들은 그저 의외라는 표정으로 '축하한다.'라고 말할 뿐이었다. 그래, 그냥 그런 거였다. 어쩌면 그렇게 말해놓고 뒤에서는 '기어이 거기엘 갔네, 고집도 세지'라고 했을지도 모르겠다. 하지만 나는 적어도 그들이 나에게 무심코 내뱉은 말을 무의미한 것으로 만들었고, 그것만으로도 충분하다고 생각한다.

사람들은 참견이 참 많다. '걱정'이라는 핑계로 한 사람의 꿈을 꺾고는 자신의 행동을 정당화하고, 주위 사람들의 뒷얘기를 하며, '그래서 되겠니.'라고 말한다. 그러니, 주위 사람들의 이야기에 목매지 말았으면 한다. 나는 앞으로 기술도 공부하고 책도 많이 읽어서 예전의 나와 같은 아이들에게 꿈을 주고 평범한 아이들에게도 잠시 밤하늘을 올려다볼 수 있도록 해주고 싶다.

우주에서 본 지구는

쥐면 부서질 것만 같은

창백한 푸른 점일 뿐이다.

『코스모스』中

Epilogue

쉽다고 하면 쉬웠고, 어렵다고 하면 어려운 작업이었다.

예전 일들을 생각하다 보니 친구들과 있었던 행복한 일들과 누군가와 싸웠던 일들, 그리고 그때의 내 감정이 고스란히 떠올랐는데 그래서 조금 힘든 면도 없지 않아 있었다.

하지만 내 생각을 글로 정리해보니 그동안보다 훨씬 더 확신이 들었고 그런 것들에 절대 굴하지 않아야겠다는 생각이 든다.

언제나 평화로운 시간이 지속된다면 참 좋겠지만, 내가 겪은 18년은 그러지 못했고, 오히려 부딪치고 싸우고 소리 지를수록 더 편해졌다. 그렇기에 나는 앞으로도 나에게 부당한 것을 강요하는 사람이 있다면 소리 내서 싸울 것이고 나 또한 그런 사람이 되지 않기 위해 끊임없이 생각하고 발전할 수 있도록 노력해야겠다.

김수빈 이번 편집작업을 통해 책을 만드는 과정이 마냥 쉬운 것이 아님을 깨달았다. 책 제목부터 표지 디자인, 메인 컬러나 컨셉 등등 편집을 시작하기 전에는 고려도 하지 않았던 것들도 신경 써야 한다는 것이 막막하게 느껴지기도 했다. 또한 여러 사람이 적은 다양한 글들을 엮어내는 것인 만큼 다채로움이 넘쳐나지만, 다르게 말하면 통일성이 부족하다고 느낄 수도 있을 것 같았다. 그것들을 동일하게 맞추는 과정이 가장 어려웠고, 하지만 그에 따라 완벽하게 해냈다고 생각했을 때가 가장 뿌듯했다.

나영서 우선 찬란하고 빛이 나는 나의 18살의 편린들을 영원한 기록으로 이 책에 담을 수 있었음에 감사한다. 특히 편집위원으로서 동문 이과반의 소중한 이야기를 담은 책을 편집하고 수정할 수 있어 더없이 좋았다. 이번 책 편집에서 나는 책 표지 디자인을 주력해서 맡았다. 색과 들어갈 글귀를 정하고 거기서 다시 글씨 크기를 맞추고 위치를 조정하고. 수정도 많이 해서 최종의 최종이라는 파일명이 바탕화면에 수두룩했었다. 지금도 부족한 점도 많겠지만 정말 서점에서 보던 책들의 표지와 엇비슷해진 것 같아서 뿌듯하고 책에 대한 애정이 훨씬 더 커졌다. 힘들었지만 서로 도와가며 끝까지 함께 해준 편집위원 친구들과 담당 선생님이신 김선영 선생님께 감사하다.

오소은 책 편집을 하는 것은 우리 반 책 편집하는 것이 처음이었고 이번에 이과반 자서전 편집하는 것이 두 번째이다. 그래서 잘 못한다고 생각해서 걱정을 많이 했다. 하지만 친구들과 서로 많이 도와줘서 생각보다는 더 수월하게 했던 것 같다. 물론 힘들지 않다고 한다면 그건 거짓말이겠지만 이렇게 편집을 하면서 많은 경험을 쌓게 되어 좋았다. 특히 우리들의 이야기를 쓰는 것이라 더 의미가 있었던 것 같다.

임시은   이번 동문고등학교 이과반 자서전 책을 편집하면서 우리 반 자서전 책 편집을 하였을 때보다 힘들었는데 그 이유가 책의 표지, 책으로 편찬했을 때의 모습 등을 다 생각 하면서 편집해서였던 것 같다. 하지만 이번 편집은 진짜 우리가 우리들의 이야기를 직접 책으로 편집하는 과정이라서 그만큼 많이 신경 쓰고 복잡하지만 같이 풀어가면서 여러 가지 이야기를 하나의 책으로 만든다는 큰 의미가 느껴져서 뿌듯하였다.

윤지민   코로나19 때문에 모든 활동이 사라지고 할 힘도 지친 이 시기에 책쓰기 편집위 원이라는 활동 기회를 놓치지 않아 아주 다행이라고 생각한다. 처음에는 책을 쓴다는 것 부터 겁이 났고, 그 후에는 편집을 하는 것은 쉽고 재미있겠다고 생각했다. 하지만 결코 쉬운 일이 아니었다. 나뿐만 아니라 모두 다 힘들었지만 끝까지 포기하지 않고 자기가 맡은 일들을 하나씩 해내는 모습을 보고 높은 성취감과 책임감의 중요성을 깨닫게 되었던 것 같다. 이 책을 보는 동문고 후배들도 책쓰기 편집 활동하기를 추천합니당!!

루 트 18,
끝나지 않을
우 리 들 의
이 야 기

발행일　2021년 2월 27일
지은이　동문고등학교 이과반 2학년
엮은이　김선영
펴낸곳　매일신문사
　　　　　대구광역시 중구 서성로 20
　　　　　053-251-1421~3

값　15,000원
ISBN 979-11-90740-08-1

본 책은 저작권법에 의하여 보호를 받는 저작물이므로 무단 전재와 복제를 금합니다.